内藤明歌集

SUNAGOYA SHOBŌ

現代短歌文庫

砂子屋書房

JN214806

内藤　明歌集☆目次

『海界の雲』（全篇）

I

IV

歌論・エッセイ

解説

内藤　明歌集

『海界の雲』（全篇）

I

小舟

部屋隅に朝の光を反しゐるきのふ割れたる鏡の破片

鳥の声聴きわけてゐるまひるまの脳(なづき)の淵にゆりゆられゆく

潮引きし川に降り立つ白鷺を吊革越しにわれは見て過ぐ

円居(まとゐ)して砂上に家族が目守りゐる潮風はらむ火の揺らめきや

古き友一人も見えぬゆふまぐれ寒き翼を賜はね　鷗

まろやかに月の光の降(くだ)り来て川押しあぐる春の潮は

ふるさとの言葉もたざるひもじさを子と頒ち持つ食卓の塩

しろがねの音降るごとき春の宵川のほとりにわがねむりゆく

飢うるなく奪はるるなく恥（やさ）しさの極まりゆくか六月、夜の雨

忘れゐし杳（くら）き記憶に触れむとし墜ちゆく穴にわが目覚めたり

オリーブの小枝を銜へ帰り来む一羽の鳥を待つやうな朝

境内のお化け公孫樹も日常の緑となりて風を抱けり

波の音にゆられてゐたれ　たましひの沖に離（さか）りてゆふぐれわれは

この島に漂ひ来たる一艘の小舟思へり火を点すかな

見せるべき何もあらねど両の手に子を曳き夜の海に出で立つ

黒き箱

内側を見むとおもふに木ネギも裂け目もあらぬこの黒き箱

メガネ掛け小さくなれる視野の内開かれしまま鋏は置かる

猫の舌いく枚(ひら)のびて来たりけり午睡の夢のうたた寝の中

檻の奥に置かれてありしぼろ切れが羊となりて動きはじめぬ

いくつかのｉｆをめぐらせたどりゆく記憶の淵の男と女

鼻削ぎの刑を思ひて鼻先の汗を拭へり二本の指は

残響のこもりゐる壺　感覚は記憶を研ぎてひらきゆく耳

誰もゐぬ部屋に私の声のして引き戸開くれば洩れくるひかり

蝦蛄(しゃこ)

光まだ残れる地上　建てかけのピルの骨より火がこぼれ落つ

夕焼けの朱(あけ)の増しくるひとところまなここごえて窓に見てゐつ

〈約束の土地〉あらざれば地下走る明るき箱に運ばれて行く

この部屋に仕組まれてゐるさまざまの鋭角を追ひ目はしばたたく

キーボード叩きゐるわが指十本見下ろす我のうしろの視線

肝のあたりごはごはとして快ならずいかなる虫の蠢(うごめ)きにける

いづこにも抗争ありて語気強き小権力は人を酔はしむ

蝦蛄(しやこ)食みて蝦蛄の歩みを思ひゐる午前一時の地下カウンター

情報を力となしていそしめる髭も笑顔も信ぜず　棘(とげ)も

ＴＯＫＹＯの澱(おり)を濾過するごとくして横須賀線に半島下る

「　　」デアルことの羞(やさ)しさ　指先の錆のやうなるにほひを嗅げり

速度とふ力を憎む感情のささくれだちて身をかはしたり

繋がれてあるはいづこぞ　ぬくみもつ指もて触るる白紙(しら)の艶

野の時間

雨過ぎて千の言葉のつややかに弾けて遊ぶ老い木、楠

後ろより呼ばれて仰ぐ杉の秀(ほ)の息吹ゆたけく霧流れたり

持たざりし青き記憶をたどりゆく道の隈回(くまみ)の濃き草いきれ

空に浮く鳥を見上げてうつしみは草たりし日の風の音聴く

昼の月傷のごとくに置かれゐて地上の水を過(よ)ぐる鳥影

南(みんなみ)の海になだるるこの丘に初めに立ちし女(め)男(を)の言葉よ

火照りたる肌へかなしくにほふなり夏野を
出でて川渡るとき

満ち寄する大き力を湛へゐるこの夕川に動
くものなし

広げたる黒き翼がはらむ風　鳥は虚空に時
を抱ける

眠りより目覚め地上の闇に聴く今年の蟬の
遠き諸声

直立

硝子戸に無数の羽蟻群がりて燭のほとりの
嬰児のねむり

蛍光灯はつかに唸りぬるき湯に子を沈めゆ
く十本の指

それぞれの方位をもちて眠りゐる三人子（みたりご）越
えて寝に就かむとす

南国の鳥のやうなる声をあげ子は直立に挑
むいくたび

いぢちけたる石と呼びたき石ありぬ日々曲りゆく三叉路の角

たかぶりて遠き戦（いくさ）を見てゐしが眠らむとしてボタンを押せり

他界よりわが胸倉を揺すりゐる凍（こご）えたる手がわれの手となる

三人子と昼夜たたかひ妻の手は動きゆたかに子の様真似（さままね）る

ゆゑ知らぬ怒りをもちて来しならむ歩みそめたる男（を）の子の腕（かひな）

見下ろせる街の彼方に日が沈み戦争を欲る心が動く

バスタブに砂のごとくに沈みゆき死者の眠りをねむりはじめぬ

どんぐり

のぼりゆく坂の隈処（くまと）にはらはらと記憶のごとく日はこぼれ落つ

時代よりはぐれて歩む谷戸（やと）の道青きどんぐり手に握りしめ

中腰になりて見上ぐる軒の空へちまの棚にへちまがぶらり

人家過ぎて土やはらかしひとりなるわれの愁ひに力満ち来よ

空腹にあらず満腹にあらざりき二十歳（はたち）思へばかなしむごとし

終末をいくたび越えて生きゆくや少女とわれと摘むクローバー

草むらの中にやさしく沈みゐる赤錆しるき鉄の路（みち）はも

砂に寝て言葉脱ぎゆく身のこごえ海のむかうに赤き月出づ

はるかなる時の狭間にゆくこころあやめもあらずこの夜乱るる

昏れゆく世紀——本歌のある歌

梅食めば思ほゆるかもさにつらふ近代の赤、古代の茜

二十世紀うつりにけりな青猫のかたへにわれはまどろみてをり

見下ろせるメガロポリスに雨降りて昔にかすむふるさとのビル

革命の神話を語る村祭　誰を探しに来しならねども

靡き伏す草のゆくへに風ありて反権力のやはき部分見ゆ

東京のそのまたむかうたたかひは砂漠に起りわれは灯を消す

廃園に銀の花散る　オゾン層越えて降りくる宇宙のひかり

鴨

黒雲の迅き流れに圧（お）されつつ突然笑ふ熊笹の群

吹きあぐる風に峠の草靡き言葉生れたる寒き夜を恋ふ

わが視野に入り来る鴨を見てゐしがゆふべの風に身をよぢりたり

木の瘤のはつか動くと見えしとき枝を流るる二匹の栗鼠（りす）は

地下道の柱のもとにうづくまる聖人（ひじり）の脇を足早に過ぐ

混み合へる電車のいづこ早口に株価伝ふるニュースの声は

晩秋のひかりあまねき多摩川を空もろともに車窓は見せつ

ブラインドの隙間に立てる冬木立　今し女体を思ひてゐたり

埋み火に息吹きかくるごとくして身のうち緩く熱燗くだる

幹深く緊(し)められてゆく言葉あれ夜空覆へる冬の欅よ

KAMAKURA

江ノ電の過ぐるしばしをゆらめきて海の光の斑(はだら)なす影

見下ろせる極楽寺坂切り通し春の妖精(ニンフ)の転がりてゆく

よぎりゆく蝶の流れを見てゐたり　海に向かひてまなこを開く

若宮大路を横切りややに入りたれば「うさぎや印刷」の看板が見ゆ

夕凪の汀に大き弧をなして遠ざかりゆく自転車の赤

海に日が沈む不可思議　砂の上にこころ惚(ほほ)けて見てゐたるかな

動きゆく風紋の中ゆ現はれて影おもむろに人間となる

ゆふやみは道、家、人と消しゆきて入江の
むかう稜線の顕つ

面影に見ゆる一人を鎮めかね風巻きあぐる
この夕桜

〈銀鞍（ぎんあん）〉の女将（おかみ）の声を聞かむとし地下に降り
しが………

わたつみの千尋の底をうねりゆく河もある
べしこの星月夜

狐の影

真夜目覚め宙に漂ふ指先は狐の影を障子に
うつす

取り出して消印見れば投函しその翌日に首
吊りしとぞ

遺されし手紙の太く勁き線会はざりし君と
永久（とは）にまみえず

疲れたる声を最後に聞きしよと人は電話に
短く言ひぬ

さゐさゐと草木（くさ）さやげる春の夜の闇に向ひてひらくくちびる

鳥影の数多（あまた）動けり川岸にもの焼くほのほ乱れはじめぬ

嘘つぽい歌を作つてひねもすをマジにしをれば疲れたるかも

ベランダの干し物の間に絡まりて親子の鯉は風に揉まるる

背きつつ背かれてゆくなりゆきを悔しむごとし愉しむごとし

瓢箪のくびれさすりてうつしみはけむりのごとく吸ひこまれゆく

石　橋

空青き小半島の頂（いただき）を越え来て水の音に沿ひゆく

源は知らねど道がせせらぎとなりて踏みゆく石の橋はも

はしきやし月鋭(と)く射せる石橋(いはばし)を渡りて逢へ
る古代乙女ぞ

かき抱(むだ)き寝(ぬ)れども飽かぬあかときの夢の底
ひを流れゆく霧

川に沿ひ上り来たれる枯葉道ゆるき曲りの
水に憩へり

身をよろふ言葉さぶしゐからつぽの水筒提
げて一気に下る

つぶりたるまなこ押さへて十方の光の粒の
中を落ちゆく

海を越え島に及べる一つ影大いなるかもそ
の樹のそよぎ

小春日の寒きこころよ靴脱ぎて大路をゆか
ば楽しからむ

桃の汁

風はらむ帆を象(かたど)れる白きビル港は初夏の光
満ちゐむ

玉撞くとぬつと出でたる白き腕墨の錨がしばし動かぬ

生贄のをみなを囲み華やげる東の都　帽子にかぜが

遷都論読みゐるわれの背後より霧降るごとく眠りは来たる

獅子の肝(かん)山羊の胆(たん)などもちたらば楽しかるらむ心(しん)は如何にせむ

手の甲に汗拭ひつつ眼がたどるヒエロニムス・ボッス〈快楽の園〉

昴ぶりしけふ一日の思ひ出にしたたる桃の汁をぬぐはず

目を閉ぢて明日の筋書たどりつつ動機ひとつをさぐしあぐねつ

閲りを断ちて下りゆく夏の坂遠景の都市に笠雲かかる

帰り来て汚れたる手に抱きあぐる言葉もたざる幼き者を

「顔」のうた

人体の穴のいくつを穿たれて美醜を競ふ頭（かしら）の前面

ゆつくりと剃刀の刃がたどりゆく顔の曲面わがものならず

どうしても出て来ぬ名前　近付きて擦違ひざま目の弾け合ふ

笑はざる一人の顔を見てゐたり宴半ばなるテーブル越しに

両耳を動かす芸を得てしより立直りたる男と思ふ

顔ばせとふ言葉がありぬ夕影に動くともなきすすきひと本

石に顔、樹に背のあることをうべなはむ月の領する河原にぞ立つ

茣蓙をたたみて

もう三月(みつき)履かざりし下駄取り出し子を道連れに見にゆく銀杏

トタン屋根取られし倉庫見下ろせりこの空白が生むビルと金(カネ)

鋼鉄の爪が剝ぎゆくアパートに白き便器のくづるるが見ゆ

いつよりか解体作業の響き絶え夏昼下り何ごともなし

南面の窓より聞こゆ地を鎮めマンション建てむと手締する音

目覚しが鳴りて子が泣き薬罐より不協和音の湧き出づるなり

酔ひて少し涙にじめるわれの目に〈酒呑洞〉とふ提灯揺るる

楽しかりし心に相応(ふさ)ふ一枚の茣蓙をたたみていづこへゆかむ

思ひ通りの「思ひ」を探しゐたりけり二十年前、昨日今日明日

昏れ残る冬樹の翳り　争ひを好まぬ者にさきはひは来よ

風邪熱の一日を籠るマンションの窓に来てゐる須佐之男(スサノヲ)の裔(すゑ)

捨つるべき家探さむと人界を歩み疲れて石に寄りゆく

熊のプーやや早口になりたるをテレビに見つつ愉しまずゐる

塵かぶる書を売り払ひ方丈にあらばよからむよきことをせむ

心地よく腰をおろせる椅子なきかそれに坐りて永遠に待ちゐむ

暗闇坂

一九五四年、私は東京大森に生まれ、そこに数年を過ごした。

暗闇(くらやみ)坂のぼり来たりて秋の陽をまとへる樹々のかたはらをゆく

わが住みし馬込銀座はどこならむ昭和なかごろ父の影踏む

湿りたる畳のにほひ　祖母(おほはは)は火鉢の脇に何読みてゐし

食前の祈りの時にさびし見し荒れたる庭の向日葵の花

初めより記憶にあらぬ町並をめぐり入りゆく一本の路地

生き物のにほひは嫌悪につながりて怖づ怖づと漕ぐわが三輪車

近代が刃(やいば)を研げる大正末越し来て一家に望郷あらず

鞄提げ家路を急ぐ祖父(おほちち)はＮＡＯＭＩの家を見しやもしれぬ

うち日さす帝都のはづれ蠟の火を点し家族は神を讃へき

秋の影ゆうらり揺るる川を越え父母未生以前のとある日曜

鞄

山口線山口駅のコインロッカーに三十分在りぬわれの鞄は

まつ白な影とはなりて窓越しに見下ろしてゐる中也の碑（いしぶみ）

何をしに来しかと問はれ目は追ひぬわが晩年の背が過ぎゆくを

旅の夜を一人となりて点したるテレビに蹴り合ふ男と男

形なきものの象（かたち）を思ひつつ旅の終りを寝ねがたくをり

壺中日乗

内部より指紋うすれてゆく宵か春雷遠く底ごもりつつ

眠剤をのみてねむりにさそはるるしづけき壺にさざなみは寄す

鳥鳴きて鐘打たれをりねむれざる春の一夜
のしらじらと明く

瑠璃光のかそけくひびくゆふつかた白き衣
の幾人が過ぐ

卓上に昨夜のごとく置かれゐる差出人のな
き見舞状

春眠の断たれて寒き肩の線明けの鳥にカア
と応ふる

深大寺門前の茶屋で購（あがな）ひし「土踏まず叩き」
に叩く土踏まず

狭く小さく限りて遊ぶ言の葉の壺中の渚
何ものもなし

胸中か脳裏か知らねゆつくりと降り来て靄（もや）
の流れてゐたる

白　帆

食卓に初夏の光のたゆたひて祈りのやうに
沈黙は来る

ビル白く海の彼方に群れ立つを鳥のまなこ
となりて見放くる

わたつみゆ吹き来る風になびかひて樹木も
人も地に立ちつくす

ここ去りてわれらさすらふゆゑよしの茫々
として沖ゆく白帆

駅裏に今年の燕飛び交ふを言葉もたざる子
が指に追ふ

遁れ来ていのち継ぎ来し海辺のしたたる時
間かへらずあらむ

死の後の明るさ保つ夏至の暮れ水平線に時
は盈ちゆく

ぽつねんと佇ちて川面を見つめゐる子の小
世界　ズームに限る

幾本の運河を渡り帰りゆく海のほとりの窓
のひとつに

日輪をめぐる葉月の風ありて蒼穹泳ぐしろ
がねの魚

Ⅱ

北入曽

一九九三年夏、狭山市に転居

茶畑の中に突つ立つプロペラは風を起こして霜除くとぞ

わがつひの棲み処か知らね灯をともし白き陶器に尿（ゆまり）を放つ

引越しの数多（あまた）の記憶をさかのぼるその源に何もなけれど

四ツ角に多きは蕎麦屋と洗濯屋棲みたる街の記憶を重ぬ

迷ひ入れる道より出でて花鉢を買ひたり寒き夏の形見に

おそるおそる薄く真白き壁に掛く〈ビギニング〉とふ版画一枚

夢のつづきを雷雨が敲きベッドより転げ落ちたるピーターラビット

プレートのビスを外せば海風の作りし錆がともにこぼるる

移り来て家籠りゐる一週を濃密なりき家族五人（いつたり）

ぬかるみを避けていつしか過ぐしたる北入曽商店街横丁の呑み屋

十方へ遙か開ける星の夜空の真中に自転車を漕ぐ

冬枯れ

撃たざれば撃たるるもよし冬枯れの草の中ゆくわたくしの影

傍らに塩のごときが撒かれゐる角を曲りて振り向く　猫が

兵たりしことなく過ぐる歳月の彼方に生（あ）れて呼ぶ神の声

言葉絶えあやふくなりし講義終へ学生と食ふラーメン餃子

実用の学と関りなきことを恩寵と思ふ時も来るべし

笑ひから差別へ至るかなしみの尻尾をもちて人は歩行す

賢(かしこ)きは変転を遂げゆくなりと夜を起きいで葱刻みをり

こころざし汚されてゆく日の暮れをいづこにありて友はさすらふ

圧(お)されゐる心(しん)を思へり幾組の会話のむかう囁く声す

正論のはびこりしかば屁理屈を並べならべてわれはたのしむ

いくそたび歌の訣れを重ねつつ歳晩の海にけふ凧を見ず

来る年は襤褸(らんる)まとふと思はねど海上わたる亡き者の列

けもの道

楠若葉照り合ふ角を曲るときけぶらふごとき半身をもつ

闇を裂きけものの影の過ぎゆくをまなこつぶりてわれは見てをり

二日月空に刻まれ木の下にからだ打ち合ふけもののにほひ

地を蹴りて駆けゆくものの音すなり陸橋越えて野をよぎるとき

けもの道われは知らぬを草むらに一条の風過ぎてゆきたり

佐保過ぎて恭仁（くに）・紫香楽（しがらき）を越えし身に近江の海の雨そぼち降る

古歌一首解きて華やぐゆふまぐれ豆腐を買ひに路地に入りゆく

九九

とめどなく思ひめぐれるゆふやみに九九覚えゐる子の声のする

どうしても四七がつまる九九の声うしろの正面誰（たれ）かささやく

アイロンをかけてゐるらし　ひとすぢの光と妻の溜息洩れ来

里芋の大いなる葉のかたはらを過ぎて寂しき夜の町に出づ

寒鰤のあぶらしたたる口中にじわりしみゆく信濃の冷酒

少しづつ違ふ記憶を持ちながら家族が囲む去年のアルバム

地の上にやさしき言葉交はし合ひ春咲く花の球根を植う

霜白き小径に呼ばふ声のしてひとり踏みゆく武蔵野の土

うつそみゆ解き放たれて雲の辺に大き鯨をのみこみてをり

秋の天水

道の辺に筵（むしろ）一枚敷かれゐて日は畑中に沈まむとする

目つぶればまなこ凍えてゐたりけり常滑（とこなめ）越ゆる秋の天水

二人して生命の樹を仰ぎ見き地平遙けく流れゐし河

知恵の樹の聳ゆる園に七曜は巡りて寒き円環をなす

海を見ず季節（とき）移りしかゆふぐれを遠景の死に曳かれて歩む

心（しん）に在りて言（げん）に発する志（し）といふを思ふこころのいづこなるべし

流さるる箱にあらねど部屋内に言葉途絶えて聴く夜の雨

嫌なこと好かぬ人とは関らぬさはさりながらさにこそあらめ

物語ひとつとてなき〈私（わたくし）〉は墓を過ぎりて海へ下りゆく

午後四時のだらだら坂に熟れ柿の死体ふた
つが甘き香放つ

ふつふつと湧く悔しみもおぼろにて海岸通
りに湯豆腐を食ふ

薄闇にはつか紅（こう）曳く旗雲を見おろしてゐる
ランドマークタワー

窓

カーテンのむかう白みてゆけるらしむかし
女は窓を創（つく）りぬ

新しき畳に伏して思ひをり近代の雨　子規
のガラス戸

空つぽのショーウィンドーの白壁に揺れて
綾なす五月の光

天井に嵌め込まれゐるガラス窓闇の真中の
その深き闇

湯船から見上ぐる窓のゆふぐれや八つ手、ひひらぎ、誰(た)が影法師

疲れたる眼あまたを運びゐる窓見ゆ同じ速さの窓ゆ

不老川

動くもの光となりて歳晩の雪が消しゆく地上の光

大いなる口に吞まれてゆく夢の首のほどより覚めはじめたり

窓を打つ二月の霙　むかしむかし野垂れ死にとふ言葉がありき

画用紙の鬼の面より覗き見る母子(ははこ)四人の大高笑ひ

朝夕に歩数七歩を数へつつ不老川とふドブ川を越ゆ

洗剤の泡がゆつくり流れゆく土手一面の菜の花の間

あかときの夢に架かれる不老橋越えて逢ひたき誰彼もなし

まなぶたのぴくぴく動くは我ながら我ならずしてせつなく愉し

追憶は時雨のごとく乱れ来てまなこ閉づればただ白き闇

草生

湿りもつ草生(くさふ)を過ぎて足裏は崖の巌(いはほ)の角(かど)にやすらふ

地に伸ぶる影に曳かれてゆくごとき遠き一樹に目は吸はれゆく

三叉路の上空低く垂れこむる雲を見上げぬ人間(じんかん)にわれは

風説の帯びゐる真をうべなはむ重きペダルを踏みて帰りぬ

茶畑に若きみどりの萌ゆるらし月光は地を走りゆきたり

こそばゆき耳の奥処に遊びゐし恋の奴(やっこ)も眠りゐるべし

北窓にわれは見てをり里芋の大き葉陰に坐る老い人

やはらかきものに触れたる指先のひいふうみいようういつの幻

疲れたる午後をしづかに伸ぶるらし舌に触れゆくわが親不知

脈絡のあいまいなるはさはあれど夢に現れ出るやもしれず

根付かざりし金木犀の枝に垂るつややかな一葉指につぶしぬ

〈伏〉のある歌

草原にうつ伏して聴く蟬の声この世の外に眠りてゆかな

のぼり来る海よりの風　靡き伏す草にあまねく月光は降り

寄り伏して水のごとくにねむりゐる二匹の猫の傍らを過ぐ

ゆふぐれの雲海に伏すうつしみはやさしき楽に目覚めゆくなり

酔ひ伏せる身より湧き来るひとすぢの声か未生の言葉充ちゐよ

烏滸（をこ）

〈団塊〉と〈新人類〉に挟まれて傘差さずゆく不惑のわれは

のど飴をひねもす舐めてをりたれば身体髪膚のど飴となる

微熱もつわが身の放つかげろふのゆらめくごとし夜の思ひは

道の辺の一（ひと）本桜その昔人は疲れて見上げたりけむ

花の名を七つ覚えて来しからに見下ろす街は春花盛り

完璧な詭弁聴きつつ心地よく騙されてゐる身体(からだ)のどこか

さしあたり言ひたきこともなきゆゑに言葉つらねて夜を流れゆく

家(うち)の花面目ないねとささやいて千裕(ちひろ)と万莉(まり)が描く朝顔

たぶんきつと働き蜂になるだらう一日努めて空を見てゐる

われこそは浮世すねたる烏滸(をこ)そとのホモルーデンス酔(ゑ)ひもせず

Ⅲ

寒き星

西方の雲の中より射られたる光の束を浴びにかゆかむ

黙しつつ見上げてあれば中ぞらの風に揉み合ふ欅の木末(こぬれ)

かさかさの皮膚に包まれうつしみは森の秩序の中に入りゆく

落葉松の冬の林の明るさに金管楽器鳴りこそわたれ

滴れる水を飲まむと身を屈め仰げり空の幾重なす青

凍えたる指にふれゆく樹々の列冬のいのちの温もりをもつ

胸に青きたましひの影　人造の湖(うみ)に激しく夕陽は及び

逃避行ならざるひと日始りと終りがありて寒き星降る

時の間に冬の星座も移れるか頭上延びゆく
裸木の影

天球を水晶体に映しつつ地上の闇にわが吸
はれゆく

梢より冬の闇降る地の上のいづこか人の声
よみがへる

白髪童子

あかときの草の記憶をたどりつつ足裏はゆ
く地下連絡路

午後三時　酒場の壁に凭れゐてこころひも
じく燗を待つなり

昨夜（よべ）の雨しろがねなして照りかへす地表に
動くわれとわが影

細く狭く分かちて棲める地の上に朱き異国
の花咲かせたり

水そそぐ壺の底よりのぼり来て部屋を満たせるひとすぢの音

橋の形おもひてゐしが官能の速き流れをすぎゆく時雨

かすみゆく水晶体に踊り出て白髪童子笛吹きはじむ

選ばれて地上に立てる一本の欅大樹に子とめぐり合ふ

上り来て眼閉づればちろりちろりちろり森の彼方にゆらめく火の穂

溜息

こだはりを捨ててそれより届きたる光の束の濃淡あはれ

五十年の五分の四を継ぎて来し肌へにどつと吹く蕁麻疹

スピードが富と力と瓦落多（がらくた）を生みし世紀をわが故郷とす

理由（わけ）ありに伝はりてゆく男らの声とならざる笑ひ見て過ぐ

曖昧は曖昧のまま葬(はぶ)らむといふにあらずや
そのつづまりは

手をやすめ溜息つけば背中より抜くる塊
言葉なるべし

絶対の信頼といふは無きゆゑに網のごとき
に絡められゆく

おもねりて威張りくさつてへつらへる一日
の果ての喉越す麦酒

賢(さか)しきは賢しきが仲間(どち)集まりて豹変、饒舌、
それぞれの怪

「御意見」は存在証明と人の言ふ然(し)か思ひつ
つ瞼の重し

裸樹に透けゆく空の藍ふかし会議と会議の
狭間を窓に

気力やや高まりてゐる夜なればジャケット
の袖で眼鏡を拭ふ

鬼火

一九九五年一月阪神淡路大震災

乾きたる地表裂けゆくまぼろしに二匹の蟻の声のぼり来る

誰もゐぬフラワーショップに一都市の崩(く)ゆるを映す画面が青し

いつせいに葦のなびかふ水の面狂(ふ)れたる神のまなざしを見ず

苛立が怒りとなりて尖る夜廃墟ならざる街を見下ろす

ビルの灯が風に揺れをり目つむればダンテの煉獄、良秀の地獄

春浅し角ぐむ夜の底に寝て地上に満つる雨音を聴く

見下ろしに都市の星座の輝けるガラスの箱に運ばれ昇る

行きどころ死にどころなき身を運び夜の地下鉄の吊革に垂る

衰へし視力がとらふる夜の桜　鬼火といふをいまだわが見ず

帰るべき谷あらざればゆふぐれの歩道に出でて夜をただよふ

春　光

橋上に眼冴えをり月読（つくよみ）の破片集めて逝く寒の川

感情の起伏を辿りゐたりしが大き力に身は呑まれゆく

十本の指にをとめの髪洗ふ寒き背中を誰に見られし

壊れたる器官の軋み聴くごとし心の位置にてのひらを置く

流氷を見たる記憶もおぼろにて宿酔の身を湯に沈めゆく

ブラインド開ければ春の傍らに我ありわれのよろこびなさむ

天の水浴みてけぶらふ和草（にこぐさ）の朝の光ににほひたつ音

三月の光を反す池の面揺れてゆらめくたましひの蒼(あを)

空(から)の鞄重たき腕にぶらさげて夜の電車に人を想へり

春一番空に吹くらしわが内の地軸かすかに傾き始む

歓びのこゑを大気に解き放つ辛夷の花の下ゆくわれは

北窓の風

けふひとつ言挙げをせぬ幸福(さきはひ)に口ずさみゐる襟裳の春は

苛立を飼ひならしゆく夕まぐれ悔しき嘘も快楽(けらく)に通ふ

家人(いへひと)の寝息重なるあかときに北窓叩く風を聴きをり

スニーカーに紅葉踏みゆく坂の道身をめぐりゐる秋の水はや

嘘つきと言はれてつづく沈黙の、さう、虚
偽を重ねて来しやもしれぬ

美しきものを見むとぞ壊れものの壺に冷た
き酒を注げり

よくしやべる男と居りし半日の後の音楽
水飲むごとし

熱出でて伏しゐる午後の楽しかり加湿器の
息、秒針の雫

宵浅く帰り来たれば雪催ふ空のいづこかひ
そひそ話

もういやだもういやだとぞ　三歳の男の子
があぐる絶望の声

夕日影明り障子に吸はれゐてみだりがはし
き風の陰翳

疲れたる眼しづかに開くとき月光はわが左
右の手照らす

桜

ぽつかりと空いた隙間に春至り習慣として桜を愛(め)づる

あをぞらに極まる桜　悔しさも気恥しさもさもあらばあれ

見下ろせる街路のさくら春なれば地上の塵を集め綻ぶ

統べられし日本語もちて溯る列島の春、梢吹く風

顔上げて裸眼にうつす桜森こはばりてゐる頭のどこか

ライトアップされて虚空に動かざる桜一樹の純白の闇

手に触るるはこころと思ふやや酔ひて見あぐるさくら爛漫に候

国語とふ大き力に呑まれたる洞にかがよふ九段の桜

桜散る地上の闇をめぐり来てのみどに流す白魚と酒

狂れゆく日々

グランド無きグランド坂を下りゆきひとりごころの転がるごとし

白黒（モノクロ）の路地より出でて神田川越えむかきのふの恋にあふべく

教壇に夏炉冬扇を説きゆくもけふのたづきと思へばはかな

薔薇の香のしめりこもらふ階段に呪文唱ふる人と行き交ふ

目を閉ぢて闇にたどれば少しづつ狂（ふ）れゆく日々の源の地震（なゐ）

寄り憑きし言葉ひとつを反芻し夜の電車に旅人われは

瞳孔の開きしわれの眼を覗く女医の瞳はわれより見えず

寝ころびてわれは見てをり浮遊する男を囲む女と男

いづくにか残りたるらしその声ののぼり来たりて背のうすらやみ

遠き死のよみがへる朝　卓上に枇杷はやさしき香を放ちをり

金　魚

縁日に子がすくひたる金の魚ビニール袋に去年(こぞ)より小(ち)さき

飼育ケースを世界と泳ぐ〈金魚兵衛〉あまた命のここに果てにき

縁日の金魚一尾に諍(いさか)へる妻とその子とその父の声

金魚藻と餌と二匹を買ひ足せりスーパーダイクマ千四百円

買ひ足しし二匹は美(は)しき鰭揺すり酸素不足の水にあぎとふ

上の子がすくひて中の子が飼へる金魚を追へる末の子の指

月照らす鉢の水底〈ケチャップ〉と〈帽子〉はまなこ開きて眠る

おちやらかほい

ポケットの指がまさぐる鍵の束　ほかにな
にかがあるはずなんだが

台風の過ぎゆく午後を黙(もだ)をれば娘姉妹(はらから)おち
やらかほい

人体のひとつが放つ匂ひならむ灯を消しな
ぞる闇の輪郭

透き通る八面体のそらごとをグラス片手に
われはたのしむ

ほかほかのコンニャク二枚腰に当てわが臓
物を温めむとする

主婦たちの午後の会話を聞いてゐる簾の内
のこの籐枕

雨に濡れ歩道にならぶ自転車が昨夜盗(と)られ
しオンボロに似る

逗子銀座八百屋の隣に購ひしわれの愛車ぞ
いづこに眠る

罰(バツ)と罰(バチ)の相違に至り愚かなる脳細胞はわれ
を嘲笑(わら)へり

恐竜の首があらはれ窓枠に納まりにけり眼を閉づるかな

水の領域

ひとすぢの流れに沿ひて飛ぶ鳥か峡（かひ）のはての蒼穹に消ゆ

谷出でて深き碧（みどり）を湛へたる川を見下ろす鳥と樹とわれ

晩夏光集むる川に降り立ちて人間の子は水と遊べる

淀みつつゆたにたゆたに流れゆく水のほとりの岩に坐りぬ

こぼれたる種子も流れてゆくらむか光きらめく川こそ女（をみな）

世紀二つ跨ぎて帰るゆふまぐれ鉄路のわきに揺るるコスモス

遠景のビルの灯崩（ひく）ゆる明け方とわれの滅びといづれか早き

暗幕の上がれば午後の海ありて記憶のままに沖をゆく船

帰り来しならねど海へ歩みゆく足裏熱き八月の砂

交差する光と光　海面に首を浮かべて人は息吸ふ

水中に棲みし記憶を揺らめかせ水族館（アクアリウム）に匂ひたつ水

新しきガラスの檻に広がれる氷河の海に白熊をらず

海よりの風に黒髪靡かせて進化系統樹の前なる一人

水面ゆく鯱の背中に立つ男小刻みに踏むシャチの背中を

きらめける水平線に湧きあがる雲の迅さに吸はれゆくなり

真向ひて言（こと）交し合ふ海原の遠きに遊ぶわれとわが声

洪水はある日海より至るべし断崖（きりぎし）に立つ電話ボックス

一生

水槽に秋の入り日の淡く射し金魚三匹まだ
生きてゐる

灯(ひ)を消してひとり思へば騒然と日々あり
日々の営みなさむ

優柔を見透かされゐる夜の電話かくたゆた
ひて一生(ひとよ)過ぎなむ

背中より崩ほれてゆく感覚がいつよりかわ
れを領してゐたる

語れざることのいくつを頭(づ)にうかべしどろ
もどろに卑怯を演ず

午前二時帰り来たればやや肥えて眠れる金
魚の動く気配す

公園のベンチに居りて小半時日を浴みたれ
ば物思(も)ひもなし

妻と子の風呂浴ぶる音壁沿ひにのぼり来た
りて窓より聞こゆ

何するとなくて終はれる一日の至福の時を
スコット・ラファロ

桃太郎・鬼のその後を語りゐる二段ベッドの下段に父は

ゆふぐれに目覚めて見遣る部屋の隅一生眠りてゐたる心地す

石

かすみたる目にあふれたり蒼天に赤くつやめく柿の実の量（かさ）

すすき原銀に輝くところ過ぎ何かに待たれゐることもなし

白壁に入り日の光吸はれゆく秋のをはりをしばし見てをり

人も樹もベンチも長き影曳きて武蔵国国分寺趾風吹かむとす

内深くぬくみもつ石てのひらに載せてはろけき時間の軽さ

ゆふぐれのどこより来しや犬と人、人と人との声まじり合ふ

日の入りてまだひかりある地の上を歩みてゆけば草なびきたり

石くれが草生に創る翳あはし冬片（かた）待ちて黙（もだ）す石くれ

あとがき

三年前の夏、八年余をすごした三浦半島の海辺の小都市から、茶畑や里芋畑の広がる、古くは入間野と呼ばれた土地に引越した。この集は、その前後五年間の作から、四百余首をもって編集した。九〇年代前半の時間の流れを背景に置く、私の第二歌集である。

題名の『海界の雲』だが、「うなさか」は、海神の国と人の世との境。浦島や山幸彦が越えていったところである。白秋の歌集に『海阪』があるが、海の彼方や、境界領域に漂うものへの想いをこめて、この集のタイトルとした。

出版に際しては、第一歌集『壺中の空』と同様、ながらみ書房の及川隆彦氏にいろいろお世話になった。厚くお礼申し上げる。

最後に、怠惰な私を常に刺激し励ましてくれた歌誌「音」の皆さん、作品発表の場を与えてくださった方々、そして折々に作歌を支え見守ってくれた友人や家族に、心から感謝の言葉を捧げたい。

一九九六年春

内藤　明

『斧と勾玉』（全篇）

I

鰯雲

鋭(と)き緑激しき紅を見て来たる両のまなこを
水に洗へり

こみ上ぐる怒りの中の快感がこめかみ深く
さ走りゆきぬ

みづがみづをうつおと聞こゆひむがしの青
かぎりなき空の奥より

遥かなる海のあたりかゆつくりとふくらん
でゆく雲を見てゐつ

水の上にたひらとなりてただよへる水とな
りたりうつしみのみづ

人界をつつむごとくに羽根広げ地にくだり
来る黒き生き物

殺したる嚔(くさめ)ひとつが籠りゐる鼻腔の闇にわ
れは浮遊す

身を窄め後ずさりして這ひゆけばするり抜
け出てゐるかもしれぬ

雲の間に見おろす海はむかしむかし地上をおほひ静かなりしか

水中に息吐き水面（みなも）に息を吸ひ人間ひとり水を蹴りゆく

よろこびは地の上のもの少しづつ形くづしてゆく鰯雲

落したる鍵拾はむとかがむとき物焼く匂ひ臍（ほぞ）より立ちぬ

樹の芯に触るることなき悲しみを誰に語らむ夜声、地の風

列島

秋風のそよろと頬を過ぐる朝目に遥かなるシベリヤ鉄道

ブロックと榊とフェンスに囲まるる空き地の前を十五歩に過ぐ

いくつもの首相の首が転がりて進みゆくなり列島の四季

窓越しに秋のひかりをかんじつついつもの席に珈琲を飲む

われひとり逆向きに立ちしやべりゐる大教室の午後三時過ぎ

なめらかな紙の表（おもて）を確かむる人指し指の指紋のうねり

どのへんで月見の月を曇らせむ考へ啜る立食ひの蕎麦

風迅きビルのほとりを歩みつつ記憶の底のダブリン市民

肥え過ぎが命落せしゆゑなるぞ根方に埋める金魚二匹を

「逢ひたいよ」歌ふ男の太き声居酒屋志乃の窓をふるはす

たくさんの白線越えて帰り来し身をあそばせるバスクリンの湯

卓上になめくぢの跡ひかりゐる確かにここを過ぎし蛞蝓

蜜柑がひとつ

静かなる一日(ひとひ)をわれに賜はりし雨にまじら
ふゆふべの光

対岸に白銀(しろがね)の灯がともるまで土手の草生に
川を見てゐき

ドアノブに残る指紋を拭ひつつ死後の時間
のはつか明るむ

ものの隈探り視線はあそびゆく記憶の作る
濃き淡き影

やはらかな起伏と思ふ月光の深くあまねき
坂のぼり来て

灰皿に蜜柑がひとつ置かれをりわづかに開
く窓より見れば

春菊の下にことこと揺れはじむ今年の鱈の
艶めける白

焦点の合はざるまなこ潤みつつ冬の星座の
中ゆくわれは

ゆきといひ電話は切れぬ雪といふ白きを思
ひ闇にただよふ

わかみどり

見てあるにむず痒くなる花の下狂へ狂へとわが口動く

傾ける日差しがつくる明暗は梢より来て芝生に及び

地の上に樹として立てるよろこびに一本一本触れてゆくなり

花の名を教はり虫の名を教へ帰るわれらにゆふぐれ深し

川の辺の古木白梅ひとは寄り人は去りゆき水ひかりゐむ

移し植ゑ月立ちにける樹の尖に神ぞ付くなるそのわかみどり

草靡き木の葉こぞりて騒げるを風とは呼ばな　風ぞ立ちたる

花菖蒲妻と見に来し木曜の午後なり雲の切れ目に紫紺

いつの間に常なる緑(あを)にかへりしかフロントガラスに過ぎゆく欅

兄弟姉妹(はらから)をもたざるわれの両耳は樹々のそよぎを今宵聴きゐる

執　行

すでに五月　嬰児(みどりご)のこゑ地に満ちて世界のはじめの裂け目を思ふ

凶暴とも無知とも違ふ　少年のわれらが殺す一匹の犬

「青い影」ラジオに流れたましひは十五歳(じふご)の秋にさらはれてゆく

あの闇を越えれば少し楽になる　遠き指令に両手は動く

三十年身に残りゐし銃声のむごしもよともに生きたかりしを

殺めゆく瞬間空に傘開き照る照る坊主あした天気か

逃げたいと思ひしこともうやむやとなりて画面の文字列を消す

ネヂ山の潰れたネヂが刺さりゐる心（しん）の辺りに触るる指先

パソコンと猫

逃れゆく白き背中のまぼろしを追ひてひねもすパソコンの中

吸ひ込まれ飛ぶ身体を楽しめどインターネットで酒は呑めない

またひとつガラクタ買ひて帰る道ヒトの歴史のどのあたりなる

狐火といふをまだ見ぬ両の目はスクリーンセーバーの点滅を追ふ

意のままにならぬ器械はほつぽつて春なれば春の風に吹かれむ

すつぽりと布団にもぐりそのまんま猫の子供になつてしまはう

うまさうなスープのにほひ流れくるあれを飲むまで生きてみようか

髭といふ万能アンテナの使用法少し覚えて
目をつぶりたり

詳細は知らねど大方わかつてる　わかつて
ゐるとて何としようぞ

こ　ゑ

美術館地階フロアーに午後四時の夏陽が映
す公孫樹吹く風

人体をかたどる石が並びゐる暗き一隅を見
下ろしにけり

薄闇のむかうに降りし人影の声か漏れ来る
樹の喉（のみど）より

うつせみの言葉を剝ぎて重ねゆくからだの
まほら　溢れ出るこゑ

身体の起伏に添ひて流れゐる闇の中なるひ
かりの粒子

ほあんほあん歪みて宙をわたりゆく空気の
まろきかたまりが見ゆ

雷(いかづち)の遠く響かふ夜のほどろ鎮まれよわが群肝(むらぎも)の雲

重量挙げの歌

漲りて近づきゆけばバーベルは敵意のごとく光を返す

呪文唱へバーを両手でつかむときさざなみなして沈黙来たる

顔上げて宙を見据ゑる一瞬のまなここごゆる集中は見よ

精密なバネとなりたる身体が頭上一気に挙ぐるバーベル

瞬間の戸惑ひ顔に走るとき撓ひ落ちたり物体として

全身が発(はな)つ力を一本の樹木となして立ちあがりたり

村々の力自慢が気負ひ立ち敗れゆくとき神のごとしも

じわじわと天に伸びゆく二の腕に破れむば
かり血管の浮く

圧しつぶす鉄の力とあらがへる筋肉の束、
人間の意志

仁王立となりて虚空にゐまひたるジャボチ
ンスキーのソ連今なき

水辺遊行

山の間にきらめくものを川と呼びその上を
ゆく雲の迅さよ

吉野なる菜摘を過ぎて宮滝の常滑はしる水
の女(をみな)は

渓流の落ちてけぶらふところより湧き来る
風か黒髪なびく

広らなるところに出でてふかぶかと碧(あを)と時
間を湛へゐる川

雲の間に神の面輪を浮かばせて空はゆつくり西へ傾く

翳りたり　そろりそろりと参らうぞ笹生に笹の風を聴くべく

川の辺にうづくまりゐて吾を生みしいづこの母か夜を流るる

賀茂川を渡りて糺の森をゆく遠きあの日のわれに逢はむか

黒々と森に異形の影立つとまなこは追へり追ひてすべなし

雨止みし梢に鳥のこゑあふれわれは草生におほき息吸ふ

流れゆく雲を見てゐき　鐘の音に呼ばるるごとく堂に入りゆく

夏の断章

黒ずめる屋根また道路　二時間がほどに過ぎたる雨を思へり

日本に初子（うひご）をあげし劉先生めがねの中にまなこがわらふ

天の川見えぬあたりを指に差し子の言ひいづる七夕の恋

黒きものはつかに動く水底を見つつ全身目ン玉となる

ぐい呑みに口がすうつと寄りつきて舌は味はふまろき温みを

無愛想な屋台の主人が燗をする十年前の日暮れのごとく

さぐり合ふ空白の日々徳利の七賢人のゐまひやいかに

手が動き髪がなびいていつしかに歌の中なる姉と妹

白薔薇のくづれてにほふ食卓の傍ら過ぎて寝に就かむとす

うなされて宙を切つ裂く夢いく夜小学一年（せういち）坊主の戦ひの日々

あづかれる隣家の鼠　夏の夜の更けて俄にあばれはじめぬ

鱒

浮子(うき)を引くその一瞬に身ぶるひの奔りてゆけり指から背なへ

逃れむともがく力を伝へくる竿の撓ひに身を合はせたり

命あるものこそ跳ぬれ釣りあぐる鱒と光と少年のこゑ

樹の枝に呼び合ふ鳥のこゑごゑを鱒は聴きしや岩陰にして

串刺しにされて炭火の上泳ぐ鱒のぬめりが手に残りゐる

釣堀に糸を垂らしてわが父は何見てゐしか日の暮れがたを

寝太郎も午睡の後を川に出で釣るとしもなく糸垂れにけむ

橋づくし

勝鬨橋　絵本の中に跳ねてゐき遠き記憶は鉄の匂ひす

道の先に橋あることを思ふとき速まりてゆく足もこころも

晩夏光あの日のままに頬を射し瀬戸内越ゆる橋に黙せり

ベイ・ブリッジ思はぬ方に見下ろして春の夕べのドライマティーニ

うつすらと汗のにほひの交りゐる思ひ出は多摩川の橋渡りゆく

こんなところに橋のありしか自転車を押しつつ渡る駅裏の川

月おぼろ長き短き橋越えてはかなき時を重ねゐたりき

ネオンサイン揺るる川面に吸はれゆく雪を見てをり横浜の雪

逗子橋の下の淀みに群れてゐし鯉を思へり眠れぬ夜は

今日いくつ橋を越えしか街の灯を映す運河の水動く見ゆ

秩父夜祭

蒼穹に星座広がる秋の午後地上の風に吹かれて歩む

今年またゆくことなけむ垂乳根のちちぶよまつり秩父夜祭

さらはれて峠越えゆく日のために君に贈らむ真つ赤なスカーフ

疲れたる大脳皮質にほつかりと生れし隙間を心とぞいふ

行きがけに買ひし〈小江戸〉の指定券ゆびに丸めて夜はこれから

追ひつめて追ひつめらるるなりゆきに黙してをれば快楽のごとし

どどどつと畳に倒れ伏したきを駅前〈武蔵〉に呑む鬼ころし

もう誰も覗くことなし壁に掛かるシルクハ
ットの内なる世界

螺鈿紫檀五弦の琵琶を膝に乗せわれは異境
に歌うたひをり

一枚の紙がつくれる指先のひとすぢの傷
夜を鋭し

灯油売る車を待ちて道に立つ男同士の短き
言葉

帰り来て霞む眼にたどりゆく秩父連山ふる
さとならず

〈見えざる客（アンシーン・ゲスト）〉と伴に食みゐし遠き日よ黄な
る光を家族は囲み

II

甘栗

一人（いちにん）が目を遣り二人が見下ろしてわが覗き込むホームの側溝

破れ傘さしてベンチに座りゐる百歳童子に雨降りつづく

掌の上にゆつくりまはす瓢箪の広き宇宙に身はゆられゆく

ガラス戸に誰か見てをり　指先の匂ひを嗅ぐと手を口に当つ

病んでゐる石とぞ思ふポケットに入れて幾日をともに在りたり

うしろより見られることの何となくおそろし人のうしろから行く

爪を立て二本の指に圧し挟み萎びし脳のごときを取り出す

どこか違ふ違ふどこかがむずがゆく宙を見てをり酔ひ人われは

とめどなくこころ透けゆくゆふぐれを鉄路に沿ひていづこへ歩む

千年の渇き

一九九八年春、北京で行われた日中短歌シンポジウムに出席し、のち中国を旅する。

広場には午前八時の陽が射して毛沢東を遠く泣かしむ

崇にして酷なるものを刻みゆく天安門前広場に凧糸を引く

戦争を知らず革命を識らざりきわれら見上ぐる中国の桜

街角に身振りはげしく誹り合ふ老い人二人声ぞうるはし

言葉とは自他を分けゆくものならむ石の街衢をひとりたどりぬ

＊

城壁を出でて四月の野をゆけるわれに千年の渇きぞ来たる

黄の煉瓦黄なる大地に積み重ね人間五人家
作るなり

手と足を棒に吊され運ばるる羊三匹まだ生
きてゐる

麦青々（せいせい）はるかにつづく黄の道を鼻たれ小僧
と爺婆（ぢぢばば）がゆく

白きもの地にあふれたり歓びのこゑに杏子
と人は叫びぬ

乾きたる山のなだりにまぼろしの里あるご
とく咲く桃の花

遠景にポプラ一列続く見ゆ道ありて人の歩
みゐるべし

*

見てあれば城壁黒く浮き上がりいづことも
なく降る夜の雨

ニセの札燃やして閻魔の幣（ぬさ）とする清明節の
雨やはらかし

紅衛兵たりしきのふの夢のあと鞄に語録潜
ませてゆく

簡明に廃墟の上を滑りゆくつばめ目に見ゆ
異邦の燕

ものの音聞き分けてゐる耳があり上海賓館
未明のベッド

海風に触れ来し肌へ　植物の湿りをもちて
夜を呼吸する

春の穴

コハレモノはいつか壊るる物にして壊るる
を待つこころなるべし

ゆつくりと地軸の回る春の午後水はこぼれ
て照り翳りする

沈丁花の苗を植ゑむと父と子と頭大（かしらだい）なる穴
二つ掘る

花室を出でて花の香そよぐ身は宙にうごか
ぬ蜂を見てをり

連翹の黄の噴き上がる角曲りここより細き夕暮れの道

デタラメなにほひだ　たぶん脳髄に巨大な桃が漂うてゐる

帰り来て明りともせば鴨居より首吊るさまに照る照る坊主

郭公の鳴く曇り日を〈ゐゐ〉と言ひ〈ゑゑ〉と言ひつつひねもすひとり

全身麻酔

ひんやりと肺に触れたる言の葉を剥すすべなし　空咳ひとつ

今生に三度迎ふる死の儀式数かぞへつつ眠りにつきぬ

麻酔より覚めたる記憶たどりしが時間の渦に吸はれてゆきぬ

夢の中ほどかれてゆく現し身にはつか冷たき風の過ぎたり

ねむりゐるわれのからだにほのかなるにほひのありて我は近付く

何かひとつ生き抜く意志が欠けてゐるこの物体に掌を載す

液体の中に浮かべるわが組織いづこの棚に夜を息づく

指先

先触れはやはらかき雨　ディスプレーの深き緑に影はさしつつ

AI（エイアイ）と幾度もキーを叩きつつわが指先はどこに繋がる

君が目を欲（ほ）ると歎きしいにしへの人ぞ恋しき天空に月

とめどなく奪ひ奪はれゆくものを恋ゆゑ人は神の火を見き

真裸のこころはときに疎ましとおもふ心を
思ひてゐたり

請ふといひ乞ふといひまた祈(こ)ふといふ恋ふ
る力のいづこより来る

触れてゐしはこころとおもふ　指先にたど
る記憶はそのこゑを呼び

風あらば言葉ひとつを伝へむに静かに動く
オリオン星座

茸日和

百年をねむりしのちの朝ならむ空の深みに
手を伸ばしたり

樹の間より神のほほゑみ零れたり　茸日和(きのこびより)
の山道をゆく

何するとなくて過ごせる秋の暮れ天のくぼ
みに日がうかびをり

鉄橋の下にそよげる銀の穂の声を聴きゐし
遠き日ありぬ

やはらかくからだはありて包みつつ包まれてゆく夜の旋律

とつぜん犬

回廊をめぐりゐるらし白壁に見覚えのある疵を見て過ぐ

くらやみに我を誘ふ声のして前頭葉のなかゆくわれは

争はぬ一人を遠く見てゐたり雨の過ぎゆくサッカーコート

来てみれば赤錆にじむ鉄柵に絡みて揺るるワイシャツの袖

寒の湯に沈めるわれに顔を上げ子が問ふ世界のはじめのひとり

その石をなげるな春の宵なれば小びとが戻つてくるやもしれぬ

道端の闇がとつぜん犬となり歩き出したり人影連れて

この家に犬をらざるは何かさびし来る年は犬を飼はむと思ふ

青銅の斧――中国国宝展

首のなき菩薩立像ふくよかな腹傾(かし)がせて宙を見てゐる

何がをかしくて笑ひたまふや如来像欠けたる腕を前に差し出す

神はその大いなる目を青銅に鋳られ三千年を地下に眠れり

素朴なる曲線もちて立つ瓶の口なす顔がかはゆくてならぬ

鉞(えつ)とは首を斬る青銅の斧にして王が正義を行ふ具とぞ

龍が龍の形をなしてゆくまでの遠く遥けき時間をおもふ

銅鐸のごときが二十六個吊されてスピーカーより音楽流る

侍女が持つ灯明かたどる長信宮灯　尻を支ふる足裏ふたつ

*

噴水に冬の陽こぼれ毛沢東のほくろの位置が思ひだせない

石の時間

対岸にきらめくものを視てゐしが鶺鴒一羽飛び立ちにけり

淀みゐるところを過ぎて速き瀬の水面にあそぶわが目、わが耳

小春日の草生の石に腰おろし石の時間のぬくもりにゐる

てのひらにぶつと生れたる胡麻粒をいぢめてやまぬ右の親指

言葉とは地上の騒めき寒の夜のわが喉落ちるひとすぢの水

疾き遅き雲のながれを見あげつつ空食むごとく口ひらきたり

うつすらと湿りを帯びて光りゐる巨きたまごの転がりにける

毒を盛り毒をもられてはしやぎゐるわれらならずや五十年ののち

子の寝息、秒針の音、風の唸り、生きてわが聞く闇のもろごゑ

玉かぎる朝のひかりを返しゐる水在り遠く目を凝らしゆく

最後の一番

草の根と魚の卵を舌に載せ呆と見てゐる横綱の尻

墜ちながら叫ばむとせしが一筋の声となるとき目覚めてゐたり

ところどころ鋭くわれを揶揄しつつ電話の声は高くほがらか

春浅き風呂場に湯気の立ちこめて腹鼓打つ狸の親子

白き猪口二本の指に挟み持ち〈八海山〉の雪をいただく

足投げて大福餅を食らひゐる娘姉妹（はらから）さ丹づらふ頬

ゆびさきに風の行方を確かめて少年は紙の翼を反らす

空瓶をむかうの闇に放り投げこんなに広い花の下道

向日葵

無為にしてすごすひと夏楽しからむ豚の蚊遣りに白き燃えがら

野球帽目深にかぶれば何もかも終はつてしまつた夏の夕暮れ

自転車を木の陰に置き丘につづく細き小道を連れ立ちてゆく

帽子屋に帽子があまた並びをりかつて住みたる海辺の街

この子らのふるさととなれば寂れたる海岸通りを行きて戻りぬ

口疼（ひひ）く煎餅一枚分け合ひて夏の終りの草に寝転ぶ

雨の中ひつそり閑と立つてゐる向日葵なれば親しひまはり

緩やかな加速をなして響きくる草の中なるかなかなのこゑ

顔寄せて雷さまをさがしゐる子供の顔がガラスに三つ

岬へ

仰向きて桜の下に臥したれば花はさびしき音降らしゐる

朧月まへにうしろにあらはれぬ土湿りたる
「岬」への道

開けたる視界に熊野の海ありて月に浮き来
るその黒き面

たましひを入れたる箱を持ち歩く旅の一座
に会ふこともなし

遠き世にこころ寄りゆくたそがれの海を見
てをり犬とわが影

内ふかく春の潮を含みたる大はまぐりを一
口に食ふ

*

ゆく春の空の深みに雲雀鳴き雨晴（あまはらし）海岸動く
ものなし

門の横に木の電柱が傾ぎゐる絵の前に立ち
座敷を覗く

潮騒を連れて夜風の過ぐる宿江口老人を思
ひゐるなり

残りゐし歌稿を浜の火に燃やす越前掾（えちぜんのじょう）大
伴池主

一つ火

水音の風に揉まるる冬の夜ふかき眠りを人はねむれる

月読の光は窓にふるへつつ象（かたち）もたざる言葉はるけし

死を告ぐる受話器のこゑは淡々と雪ふるごとし雪降り来たれ

秒針が刻む時間に遅速ありてわが血の音と闇に打ち合ふ

窓とほく日々眺めゐし大銀杏幼き者と今見上げたり

凡にして鈍なる壺かきのふまで酒を満たせし空間覗く

太陽に背を押されつつのぼりゆく坂の曲りの縄文遺跡

眼差しの勁くやさしき友なりき境界越えていづこさまよふ

カウンターに酒呑む奴の後姿（うしろで）を思ひ起こして燗待つわれは

辻褄を合はせることもこれまでと回転椅子に深く座りぬ

揚らざりし「龍」一文字の凧提げて帰りくる子よ明日があるさ

産土(うぶすな)を持たぬ親子が海に向き大き入り日を眺めゐるかも

何の日といふにあらざる今日の日の豆腐にはつか柚子の香りす

伊耶那岐が櫛に燭(とも)せし一つ火の揺るれどいまだ何も見えざる

Ⅲ

白き勾玉

一九九九年夏、狭山に移り住んで六年になる

水辺に棲みゐし遠き朝のごと空のどこかが開かれてゆく

畝なして丘につづける茶畑をのつそりおほふ鯨の影が

畑中に小島のごときところ見ゆ卒塔婆の辺に咲く百日紅

ダイオキシン　犬猫の糞　畠の土　風は巻き上げ丘陵乾く

不老川きのふの位置に橋ありて川面に橋の影映りをり

洗剤の泡の浮き立つところ過ぎ水は背びれをもちて落ちゆく

夕立の過ぎし笹生にひかりこぼれ言葉ははじめ白き勾玉

＊

丘陵の起伏をペダルはとらへゆき水の縁まであとわづかなる

ゆるやかな上りなるらし足裏より血管めぐるやはらかな意志

夕風の穂先に押され漕ぎゆかむ雲の下なるあの一樹まで

倫敦に漱石が乗りし自転車の黒く重たき近代の体（たい）

信濃屋の角を曲つて地の肌の湿りを帯ぶる道を漕ぎゆく

速さとふ力はときに疎ましく浩一の腿・聖子の腓（こむら）

見はるかす畑の中をひた走る一本の道　一条の川

太陽を遮るものはこのわれのてのひらばかり　首をめぐらす

稲の葉を渦巻くやうに靡かせて風動く見ゆ神社の裏手

夏雲のとほく湧きたつ空の下太平洋の藍深からむ

*

木漏れ日は幹に背に手に揺れにつつ雑木林の中ゆくこども

こんなにも多くのこゑを持つゆゑに鳥は地上を追はれたりしか

人がむかし作りし時間やはらかし〈保存樹林〉の土を踏みゆく

さやうならといふ声聞こゆ里芋の畑のむかうに帽子はゆれて

裏山の禁樹（さへき）の奥に積まれゐる草の生えたる
自転車の四肢

ずつとここに在るやもしれぬ楠の天上めぐ
る星を仰げり

むにやむにや

その時までだらだら続く日々なるか四十歳（しじふ）
越えしはもう五年前

一瞬に脳の奥まで侵し来るアメリカの切つ
先　やんはりかはす

目的などあるはずもなし前うしろ脅しすか
されただ歩み来ぬ

指先にセメダインの糸を巻きてゆくあの感
覚がふとよみがへる

驚きが、過剰さがない……返信は液晶画面
にいつもの文字で

憤り飼ひならしたる年月のむにやむにやも
ややまたぞろ春が

脈絡なく夢に出で来て微笑むは迷惑千万明日にしてね

横着な鋏が机上に置かれゐてわれは次なる動きがとれぬ

ある日より寝たきりとなりそれよりは一切合切老い人の日々

組織とふ剛き醜きぶよぶよの袋がありぬ、明日は知らない

あれがそのあれなんだなと言ふ声す一人酒宴のわが声ならむ

朝の乳房——絵画による小品

螢光の白さをもちて浮かび来る娼婦ローザの朝の乳房は

アンリ・ジェルヴェクス「ローラ」

残された時間を思ひわがまなこボルドーの波止場の泥濘をゆく

アルフレッド・スミス「ボルドーの波止場」

見よ神は射し来る光　青年の手より勝利の血はしたたりぬ

グエルチーノ「ゴリアテの首をもつダヴィデ」

わが怒りわが悲しみを翻し影なき父は烈風に立つ

ドラクロワ「ハムレットによる連作　テラスの亡霊」

なげやり

沈黙が窓をふるはす夜の会議乾きて反れる
海老・蛸・穴子

二度三度裂きて小さくなりたればこの白紙
は口に入りなむ

闇鍋をつつく思ひに差し入れし言葉の尖が
ぐんにやり曲る

時計台の時計が示す午前二時踵より来る余
寒といふは

ぽつねんと川辺に立てる梅一樹甘き絶望を
宥めくらしつ

あの時の彼の齢になりたりと思へどはかな
今を過ごさむ

冷笑は苦笑に変はりまじまじと見てをり夜
の鏡の中を

なげやりは槍をもたねば少しづつ侵されて
いく領域がある

見え見えを厭ふ心を二夜（ふたよ）かけ鞣してもはや
あられもあらぬ

直観も論理も厭だ気管支に言葉がつまつて
息ができない

おそれつつ昴りにつつ触れてゐる闇の底な
るスパナ一本

胃潰瘍三つこしらへ少女子(をとめご)はベッドの縁に
へらへら笑ふ

融通の利かぬ頭を持ちたればひとりぼつち
の春をたのしむ

息

くぬぎ林抜けて宅地に出るところ杭にバケ
ツが被されてあり

死に顔を見て来し顔を洗ふべく水を溜めゆ
くてのひらの窪

木枯に揺るる三日月　辛かりし記憶はどれ
も完結をせず

スーパーの裏手に冬の光射し誰も居らねば
ゆつくり笑ふ

今ここで古き交はり断つべしと電話の声は
簡潔にして

駅出でてラーメンすする午前一時わが吹く
息に湯気の靡ける

うまさうに食へるものかな肘をつき女が挑
む骨付きチキン

乾きたる土より生ふる神の手に触るるたま
ゆら　背中がかゆい

断崖（きりぎし）の心といふはこごえたる背中を奔る垂
直の水

古本屋引き取らざりし本の束商品ならざる
ものぞなつかし

首傾げ空ゆく雲を眺めゐる類人猿を遠く見
てをり

新聞紙に墨もて書きし三画の太き流れをわ
れはよろこぶ

十七歳の旅

少年の退屈な夏　はんだ鏝の焼ける匂ひの漂ひ来たり

悔しくはないかと言はれふにやふにやと笑ひてゐたる遠き夏の日

青春の冥き記憶をよぎりゆくジャコビニ彗星　雨雲の中

選ばれてゐるにあらねどちぐはぐな像結びゆく色覚検査

未来とふ小さき円環蔑（なみ）しつつ学校・家族・国家　当面の敵

デミアンもトニオもをらぬ武蔵野の櫟林を抜けて帰れり

はじめての一人旅なりよれよれのジャケット濡らす春の霧雨

雲速き岬の岩に吹かれゐてすべてが終はつてしまつたやうな

うすぺらな虚無（ニヒル）を内に飼ひならす一世と思ひぬ一世なりしか

夜汽車とふ響き無性になつかしく帰ることなき友のいくたり

ぬかるみを長靴でゆく感触がまだ残りゐるからだのどこか

梅酒の壜

曼珠沙華今年も見ずに過ぎなむか茫々としてあらくさの中

脂肪肝の肝のあたりをさすりつつそろりそろりと沁み込ます酒

米帝に駆逐されたる〈一太郎〉起こして秋の一日始まる

うつすらと埃溜めたる黒シェード昼を灯せる電球（たま）を覆へり

鯨見し真夏の午後を遠景にもちて下りゆく夜の薬研坂

魔界とふ闇があるなら入りたし隣の人にメールを送る

ひとつひとつ網袋から掌(て)に渡し球根を秋の地へ返しぬ

攻撃に転ずる際を摑みかねあとはずるずるきのふのごとし

床下の梅酒の瓶の位置を変ふ誰も居らざる日曜の午後

大惚(ぼ)けのわれのあたまを二度三度叩いてすなはちこぶしを開く

ヘボ将棋

東京にわれら帰省し紫蘇、茗荷、胡麻をまぶして素麺すする

寝ころびてガキンチョと指すヘボ将棋「待つた」はならぬ「参つた」と言へ

次の一手決めかねてゐる子の背後うつすら浮かぶ父の面ざし

2B弾、かんしやく玉の火の匂ひ角を曲がれば漂ひてゐむ

その先はどうにでもなれと思ふときコンピューターは銀を打ち来る

らりるれろ驢馬のお耳は王様の耳のうしろのほら、かたつむり

手の甲に百円硬貨つと載せて〈手品じやないよ〉ころころ笑ふ

扉

大き腕にねぢ曲げられてゐるごとき肩の痺れはいづこより来る

自裁せし人のメールを開きゆく八月二十日夜の底の風

いくたりを殺さば浄められゆくか午後のシャワーの飛沫と光

けふ一日忘れてありし君の自死扉あければ闇の漏れ来る

棘抜かばくづほれてゆくものあらむ指はま
さぐる神（しん）の切つ先

ガラス張りの画廊に夜の灯はともりはるか
なる死に待たれてゐたり

どこにもない場所

丹念に眼鏡を磨く老い人をウィンド越しに
見てをりわれは

夜の底に響く水音　触れられてゐるとき花
は輪郭をもつ

耳・鼻は常に開かれゐるならむ蓋もつ目・
口とそこが相異す

怒るとふいのちに触（さは）るることなくて過ぎにし
日々を笑ふがごとし

七人に「新しき村」のお茶を淹れ君が説き
ゆく論の構想

居酒屋の木椅子に凭れ眺めやる
〈どこにもない場所（ノーフェアーランド）〉の扉の把手（とつて）

花の下小径は水に浄められ逝きにし人は永久（とは）にほほゑむ

歌ごゑに死者帰り来る夜なればまづ火を焚かむ赤々と火を

盗（と）られたる自転車の鍵に揺れてゐむ鈴を思へりその小さき音

生よりも没への距離の近づけば何かたのしく楡の下行く

春日遅々

何もなき空のいづこか切れ切れに雲雀鳴くなり目を閉ぢゆかな

踏まぬやうつぶさぬやうに花の間を靴底滑らせ川べりに来つ

草むらゆこみ上げ来たるよろこびを堪（こら）へをりしがふふふ、ひらきぬ

千年の恋より覚めてあづま路の橋わたりゆく春の旅人

卓上に頬杖つきて連れ合ひは愉しき嘘を考へてゐむ

あの角を曲れば見ゆるものあるを寝覚めの汗を拭ふ手の甲

幾万の黄の蘂（しべ）ふるふ下をゆく寒き訣れをひとつなし来て

見え透いた嘘は嘘にはならぬとふさびしき言もうべなひゆくか

車より四人の男歩み来て砂場の砂を掘りはじめたり

花びらは地上の闇に吸はれゆき月と呼びあふひと本桜

隅つこのジャングルジムの内側に降りてあまねき銀のはなびら

すぐれ者切れ者などといふは誰、とにもかくにも酒を召されよ

星ひとつ滅ぶるまでの時の間を虚空に開く木蓮の白

ゆく春の川面吹く風　音階をはづしはづれて喇叭の響く

Ⅳ

江戸名所図会

覗き込み何もなかりし夏の午後小布施の井戸に雪降りてゐむ

人間の指を模したる矢印をたどりて黒き列の中なる

たつぷりと牡蠣の旨味をふふみたる土鍋の底の葱をたのしむ

上り来て扉（ドア）の向かうを過ぎゆけり湿りを帯ぶる緩き足音

11時36分発特急小江戸に乗り合はすいつもの男の隣に座る

詰め甘きところを強く刺す言葉堪へてをりしがどうにもならぬ

老い人の眼となりてのぼりゆく江戸名所図会伝通院裏門の坂

からだ二つ合はさりてゆく夜のほどろ雨のにほひのかすか降り来る

がらくたが市場原理に逐はれゆくがらくたの世を生き急ぐべし

じんわりと冷酒(ひや)の浸みたるうつしみはユニットバスに動くともなし

ねたましと思ふこころの尖端がささくれ立ちて夜を眠らせず

まぶた閉ぢ摑むつり革やはらかきにほひ鋭き息をともなふ

草の上に残る光はゆふぐれの風に揺れつつゆきどころなし

戦争とカラザ

二〇〇一年九月十一日、アメリカで同時多発テロ。

見はるかす山に霜降り戦争へなだれゆくらし樹々の梢は

ひとすぢの白き光を曳きてゆく鳥か天球に見失ひたる

その時は死なむと思ふ心さへ時代遅れか日本武装す

テロリズムの内にさ走る官能を愛してをりぬ遠き昨日は

スタンドの下に右手がなす影をゆつくりなぞる左手の指

わが家の猫に及びて終はりたり普遍をめぐるけふの講義は

卵黄を卵（らん）の真中に据ゑるためカラザと呼べる羅甸（ラテン）語ありき

身を隠す独り神とふ存在をいくたりもちてたたかひにけむ

二度三度帽子の位置を正したりその中心に死を迎ふべく

すつかりこはれてゐる　だからもう壊されることなきこのオルゴール

お構ひなしに降り来る雨かいつときの猶予もならぬといふにあらねど

竹箒

天の秋地に引き下ろすみづうみの蒼き水面を走るさざなみ

しろがねの薄の穂先わたりゆく風も人語も夕影のなか

噴水は秋の光を押し上げてブラスバンドの音遠くゆく

口うすき杯（さかづき）選びひとり呑む酒の熱きをよろこぶ喉（のみど）

木の葉散つて今朝見る壁のひとところゴッド在らざる明るさに似て

盗み見る女の頬に逝く秋の記憶のごとく日は揺れてをり

白光を曇りガラスに包みゐる直方体を指で倒しぬ

戦争が遥か彼方にありし日よ　牡蠣のからだに酸橘（すだち）を搾る

卑怯者と寝言にわれが叫びしと梨剝きながら妻はいひ出づ

こんなところに土蔵がありぬ白壁に立て掛けられて竹箒二本

年越し蕎麦

夜のひかり風に揺れつつ地より湧く地上四
十階　耳たぶに触る

ゴスペルは神を讃へてあまねかり震へるご
とき卓上の紙

白きもの降りさうな空　沈黙は傍らにゐる
神のさやさや

あまたなる椅子の記憶をたどりつつ降誕祭
の壇上のこゑ

樹に草に雪降り来たれおほぞらに開く両手
に雪降り来たれ

*

達磨ふたつ机に置きて年越しの蕎麦来るを
待つ門前の店

拝殿に数十人が列をなし何といふなき新年
である

百舌ならむ鵯ならむ裸木の梢を見上げひら
きゆく口

参拝をせざりし父を思ふとき願ひはないよ、鈴をならす子

百足らず五十歳（ごじふ）の坂はすぐそこと思へど楽し転げ落ちむか

鉄の匂ひわづか残れるてのひらに冬の苺を三ついただく

梅田橋

杉花粉に遅れて届く春の使ひ鼻腔の襞のうごめきにけり

中年の死を語り合ふカウンター　オンザロックの氷を揺らし

ここだけの話に尾鰭の生えはじめ背鰭も付きて戻り来たりぬ

人形に吹き込む命はしきやし死へとおもむく女と男

行き行きて行きどころなき春の宵嘘八百の
流れゆく川

心中（しんじゅう）に情（こころ）寄りゆく夕暮はネクタイの下のボ
タンをはづす

冥土への道行きに越す梅田橋床踏みならし
ゆくは誰が子ぞ

春花の宴

少しづつ指が伸びゆく夢なりき指の匂ひを
闇に嗅ぎゐる

歳月のむかうに細きこゑのして角を曲がれ
ば春花（はるはな）の宴

白内障手術

水晶体もはやあらざる眼に映る今年のさく
ら人工の白

横山大観展

〈夜桜〉のかたちに咲ける一本を護りて日本
の春はありたり

*

何か言へとせめくる声に圧されつつ脳の内なるぐにやぐにやに居る

味噌汁の底に沈める納豆を一粒一粒箸にてつまむ

谷よりの風に大きく手を広げふはり身体(からだ)は土を離れぬ

花の下風よぎりたり眠りゐし二分の間にかへるすべなし

わが怒り低き笑ひにかはるまで鏡に立ちて髭を剃りをり

弔歌

昭和二十年三月十八日、小牧基地より送られて都城の基地で特攻機の整備をしていた叔父内藤健児は、敵機の機銃掃射を腹部に受ける。

いつせいに耳ひらきたり　夕立が降り来る前の張りつめる空

グラマンの翼かすかに揺れしとき地に弾かれぬわれと部品と

水が欲しただ一杯の水が欲し熱き刃に身は裂かれゆく

苦しみて肯ひたりし戦(いくさ)なれど迫り来る死を受け入れがたし

二十二日死亡。享年二十三歳。荼毘に付されるが遺骨は返されなかった。三月末、東京大森の教会にて身内の葬儀。

受洗せしかの日のごときよろこびに召されゆくなり音楽われは

ご子息は軍歌をうたひ死にたりと母に告げゐる中尉の声す

姉たちの泣くこゑ聞こゆ悔しみも愛も骸も地の上のもの

おそれつつうたふ賛美歌　南島の友へま白き翼賜はね

九月某日、その母久子は小牧の寺に預けられていた遺骨を引取りに行く。

人混みに木箱抱けり英霊と呼ばれてありしわれの生みし子

神として靖国に坐すと人の言ふもし神ならば言葉宣らせよ

誰がために死にしわが子か骨片を口に含めど遺るすべのなし

骨あるを慰めとせよと言ふ夫の半年にしてこの白き髪

子らはみな新しき世に生きるらし逝きにし健児のヴィオリンを撫づ

春の目覚まし

池の在りし窪みに向けて下りゆく笹の傾なだりのひとすぢの道

見る限り橋のあらざる川筋を眺めてをりぬ二羽の白鷺

海近く棲みし記憶もおぼろにてふるさと持たぬは影なきに似る

連れ立ちて帰る夕暮れ　もも、なづな、花はやさしき言葉生れしむ

三月になれば思ほゆ力持ちになりたいと言ひし少年のこゑ

猫のこゑ赤子のこゑと交はりて奔りゆきたる闇の裂傷

一声に鴉が鳴けば七音に答へゐるなり奇怪な鳥

宙づりにあるを愉しむ夢の中起きるぞ、起
きるぞ春の目覚まし

手　円

敵味方組み合はされて電脳の神に仕ふる時
至るべし

口当たりよろしき嘘と耳に障る辛きまこと
といづれさびしき

無駄金を遣ひしことを一日の幸(さち)として蹴る
銀の缶カラ

うたびとが手円(たなまど)ささげと向かひたる大き
没日(いりひ)がビルの間にあり

雑用と呼ばるる用をこなしつつ週の終はり
は週の始まり

千年来の思ひ違ひも互みにてどつと笑ふ
夜のテーブル

あきらめは首のあたりをかすめつつ、だが
けふはさうはゆくまい

ちはやぶる競争原理に敗れたる旧きコートを着て出でにけり

千年生きよ

ブロックより蜥蜴の頭がのぞきゐてジュラ紀の風を聴く朝の道

あめつちの水と光を奪ひしか目は吸はれゆく新樹のみどり

揺られつつ揺りゆくものの湧くごとし若葉照り合ふ中を歩める

百本の手にくすぐられ歩みゆく若葉の森に呼ぶ声とこゑ

おもむろに仰ぐ大樹の枝々にふんはり垂るる白き花房

溢れ出るもの溢れしめやはらかく開かれてゆく春の生きもの

海賊のうたを知らざるわれらにてピザを分け合ふ真白き皿に

ボール追ふ少年の足　いつの日か水に覆はるる地球の面

流星の記憶ひとつを身にもちて始まる日々か　千年生きよ

破れ靴穿かねど楽し六月の居酒屋みどりに飲む赤ワイン

防府にて

赤松の根方に沈む靴二足風は梢を今し越えゆく

天神の若きみどりの射たる眼は空と海とのあはひにあそぶ

片方の目を閉ぢ覗く鉄の筒霞の中にうかぶ姫島

ただ風を感じゐるなり山頭火のまんまる眼鏡にふるさとの海

*

殿様は常なる不在　見下ろせる庭園に咲く
満天星(どうだんつつじ)

韃靼人の狩するところ描きたる絵の片隅に
われは佇む

海神(わたつみ)の腕開きたり　流れゆく春の潮の遠く
聴こゆる

マジョリカ名陶展

かすかなる音ぞ聞こゆるローマ人の荷馬車
に揺るる一組の皿

陶片に男のまなこ二つあり怒れる口を探す
ごとくに

東方の人のもちたる薬をば塗りて華やぐ皿
もをみなも

あかねさす聖母が抱く金太郎世界の終はり
は夕飯(めし)ののち

壺と瓶の違ひをむかし聞きしかど壺と呼びたきこの古き瓶

皿といふものをはじめて創りたる人の前なる全けき白

*

伸ばしたる舌もそのまま鋳せられ小さき麒麟は樹の下に立つ

球（きう）はあるとき矩形に嵌められその形を主張する球として

木管

この場所に出会ひし運のつたなさを思ひ知られよ一匹の蟻

サングラス掛けてわづかに隔たれる人あり晩夏のゆふぐれ長し

葬列をよぎりて白き蝶ゆけり最後の夏の記憶なるべし

心はも肉を離れてかがやくと日曜学校の朝がありぬ

うつちやればよきことあらむを指先に探る
携帯、鍵、定期入れ

言葉少なき少女の息の膨らみてこのまろや
かな木管の音

やや熱き湯を浴みて来し人ならむ声なめら
かに夜の雨を言ふ

指先に右の瞼を押しゆけばぽろり左の眼が
落ちぬ

一年有半あらば何する　神経の穂先に触る
る舌のざらざら

六曜に今日の運勢確かめてやや気楽なる午
後といふべし

鯉も金魚も

汽車降りていづこの崖に立つわれや午睡の
夢のつづきを歩む

秋は来ぬ　誰も居らざる食卓に眼鏡の蔓を
いぢめゐるなり

指先をガラスの破片が開きゆく苛立ちはいつか眠りを誘ひ

茶房マドロスの窓べにありて両の目は里芋畑に降る雨の中

ぴくぴくと動く瞼に手を遣れり今焼かれゐる街と樹と人

いく千の鯨が浜に打ち寄する夜やも知れぬ子の髪洗ふ

親指に足裏のツボを圧してゆく心(しん)の臓まで触れよわが指

ここに在りし鉄の扉を思へども地より湧き来る歓びの歌

風に鳴る電線の果てちろりちろりウランは燃えて夜を点せる

杖つきて歩み来たれるかの人の言葉を聞かむまなこをぞ見む

攫はれて一生(ひとよ)過ぐすこの星にゆつくり遊べ鯉も金魚も

冬の陽のぬくみを持てる白壁に影添はせつつ歩みゆくなり

瑠璃色に明けゆく夢の空ふかく馬蹄の音は
吸はれてゆきぬ

あとがき

一九九六年より二〇〇二年までの作品の中から五百余首を選び、おおよそ時間の流れに沿いながら再構成して一冊とした。二つの千年紀を跨ぐことになったが、私の四十歳代半ばの時間を背景に置く、『壺中の空』『海界の雲』に続く三冊目の歌集である。

タイトルの『斧と勾玉』は歌集中の二首からとった。鋭利な刃をもって一瞬に裁断する斧は、古代から力や王権の象徴であり、縄文以来の呪具である不思議な曲線をもった勾玉は、永遠なるものへの祈りの形であろう。現在目の前にある世界や変貌する現実とどのように向き合い、また一方でその深層や向こう側にある世界といかにして触れていくか。言葉の歴史を蓄えながら現代に生きる短歌に私が希求するものは、その架橋であり、相反するさまざまなものが渾沌の中に融合した世界である。しかし希求は希求。作品を振り返ると、前途はほど遠い。
今回、出版にあたっては砂子屋書房の田村雅之氏、装幀の倉本修氏にお世話になった。厚く御礼申し上げる。また、私が短歌を気儘に作り続けてこられた場である「音」の仲間に、そして日頃から批評や励ましや刺激をくださった方々に、あらためて感謝の気持を記しておきたい。

二〇〇三年五月

内藤　明

歌論・エッセイ

欠落感よりの出発

1

二十世紀も終盤に近づいた今日、私たちはなぜ短歌という、千三百年も前にその形式が定まってしまっている表現形式に執着するのであろうか——。そこには百人百様の答、短歌観があるに相違ない。偶然目にした一首、一冊が契機となって、短歌への傾倒を深めていくこともあろう。しかし私の場合、短歌との出会いは曖昧模糊として、はっきりした形をとどめていない。古典和歌を含めたウタ、短歌への関心は、文学や文学論一般への関心の一環としてあり、それは現在でも変わらないように思える。劇的な出会いや偏愛がないというのは全く困ったものであるが、それでも私が短歌に執着するのは、日本語の歴史を負ったその韻律への捉えようのない生理的嗜好とともに、短歌のもつ二つの要素が自分を惹きつけ、またそれを究明したいと思っているからであろう。

その二つは、簡単にいえば〈定型〉と〈私性〉ということになろう。〈定型〉といい、〈私性〉といい、それは短歌の最も重要な柱であり、その意味する所は多岐にわたっている。短歌史を踏まえながら点検、考究すべき点は多いのだが、これをもう少し狭めていうと、現在の時点においてア・プリオリに形式自体が付与されているという意味での〈定型〉性と、短歌史の蓄積のもとに創作過程や読みの磁場において一人称的性格が強く揺曳されているという意味での〈私性〉という二つの要素であり、それが今日、自分にとって切実な要素たり得るということなのである。

では、なぜこの言い古された二点に固執してしまうのだろうか。自分はそこに、本誌八十四年九月号の文章「もっと拘り(こだわ)を」で松本高直がいう所の〈欠落感〉が関係しているように思える。松本は、「音」の若い世代の歌に共通する〈欠落感〉を指摘し、「僕たちの時代の困難さは、他者（外部世界）への回路を喪失し、他者（社会）像を像として結び得ない、従って僕たちの位置している場や存在の根拠を主体の内部に確保し得ないという処にあるはずだ」と述べている。これを自分の心性の側からいうと、主体の存在する場や根拠の欠落感や、統合された像としての他者や世界の喪失感が、あらかじめ〈定型〉というスクリーンが用意され、〈私〉という主体の位置すべき場が様式の中に塗りこめられている短歌という形式への執着を促しているように思える。

　このように書くと、いかにも安易、退嬰的であり、ファシズムへの傾斜にも似たものさえ感じられ、また松本の結論とも異なってくるが、今日における主体の無化と、様式の喪失という人間存在の危機的状況は、やはり深刻でありまた切実である。言葉を商品や記号に貶めず、再び言葉本来の生命力を蘇生させ、主体と世界の様相を掘り下げるためにも、正負の歴史を負った短歌という形式に執し、そのメカニズムを解明したいという願望のようなものがあるのである。

2

　さて、このような〈欠落感〉という観点から、さきの文脈に即して短歌の問題を考えると、そこに二つの方向性が見えてくる。一つは〈定型〉の恩寵に浴しながら、結果的にこの〈欠落感〉を形象化していく方向であり、いま一つは、〈私性〉に執着しながらこの〈欠落感〉を反転していこうとする方向である。自分の感性に重きを置き過ぎた恣意的な読みになってしまうが、次に、最近刊行された、主として二十代の作品を収めた若い世代の歌集を素材として、この〈欠落感〉と二つの方向ということを考えてみよう。

江畑実『檸檬列島』

哲学書ひらく少女よ「存在」は風に揺れやまざりしプディング

遠き火災の映れる真夜の玻璃窓に火影（ほかげ）を見つ

つわが若さ過ぐ

中山明『猫、1・2・3・4』

天国は冬のゆふばえ雲間よりジャンヌの白き旗みゆるかな

幻の駱駝を飼へば干し草のごとく時間は食はれゆくなり

小玉隆『半島は雪』

さげすみがささえてゐたるあなたとの連帯ならむなにがうま酒

首といひ胴といひ腿といへる属せるものをあらはねばならず

今井恵子『分散和音』

恥らわず語る打算を聞きおれば今宵やさしき共犯をなす

わが顔を認めて笑うみどり児に母たることを強いられている

ここでは一応、江畑、中山を〈定型恩寵〉型、小玉、今井を〈私性執着〉型と見ることができるのではないかと思う。

江畑、中山の歌には、日常生活の断面といったものが全く見られない。前衛短歌以来の様々な文体を巧みにこなす技巧派であり、定型によって世界を獲得し、文体のヴァリエントによってその世界を広げていくタイプの作者であるといえよう。ゆえに一人称としての作中主体〈我〉は、あらかじめ失われているが、そのことによって作者は、自由な数多くの目をもつことが保障されている。しかし、そこには当然、作者の感性が投影されているといえよう。例えば、江畑の一首目では、人々が重々しいものとして語る「存在」が飄々とした文体の中で軽々しく操られ、二首目では、遙か彼方のそれも影としての火災を提示しながら、〈現実〉を遠く見遣りながら過ぎていく青春の形が歌われている。ともに嘱目のものではなく、作者によって構築された景であろうが、〈存在〉〈現実〉〈実体〉などと呼ばれるものへの不信、或いはそのようなものとの回路を持ち得ない感性の有様が、半ば美的に形象化されている。また中山においても、多くの歌が虚構や歴史に取材されており、読者は一首目のような、選びぬかれた言葉で構築されたロマネスクな世界を楽しむことができる。しかし同じく空想の歌で、メルヘン的な趣きのある二首目などからは、いたずらに〈時間〉ばかりが空費されていくことを歌いながら、その裏に、あるべき〈物体〉或いは〈実体〉の欠落していることが暗示されているように読める。江畑や中山には、ある意味での反現代性やニヒリズムがあると思われるが、それが強烈な自己主張という形をとらず、〈定型〉というひとつの様式に同化することで、表現への回路が開かれているように思う。〈定型恩寵〉型の作品においては、一首一首の主題の意味する所より、様式そのものの更新と完成が注視されよう。そして〈定型〉を磨けば磨くほど、そこに時代のものとしての〈欠落感〉が、より冴え冴えとリアルに形象化されていくように思われるのである。

これに対して、〈私性執着〉型の作者の歌は、現実の実相を重視し、現実の生活、或いは現実の〈我〉を、歌の核に据えようとする。小玉の作にしろ、今井の作にしろ、歌の中に一首を統合するところの作中主体としての〈我〉が想定でき、それは作者自身ときわめて密着な関係があるものと考えることができる。しかし、二人の歌をみても、その〈我〉はア・プリオリに存在する、自明のものとしての〈我〉ではない。そのような意味での〈我〉は既に解体、欠落しており、ここでの〈我〉は、〈我〉を〈我〉たらしめるものがあって初めて発見、確認される〈我〉である。例えば、小玉の一首目や今井の歌では、〈他者〉が措定され、それとの関係性の中で〈我〉が把握されている。小王の歌では、都会生活の中での人間関係が投げつけるように歌われており、そこに〈他者〉や〈社会〉に対峙することで見えてくる〈我〉の位相が浮き立たせられている。また、今井の一首目では、他者との関係性にまだ余裕があり、軽いユーモアさえ感じられるが、二番目の「強いられて」という把握には、それが血の関係ということもあって切羽つまったものがある。作者は血と制度の両面をもって〈我〉を突き放した所から見ようとしているといえよう。小玉の歌集には、他に、自らの生まれた土地や、自らの血縁への強い執着と抵抗が見られる歌が多いが、これも存在の根拠としての〈我〉を、自らの内部に溯行させることにより追い求めたものといえよう。また小玉の二首目では、自らの肉体が歌われているが、首胴腿を「属せるもの」といい、「あらはねばならず」といっている所には、意識の裡の自己解体を暗示させるものがある。統一体としての〈身体〉や〈自我〉が欠落し、意識して身体をいわなければ〈我〉の存在自体が確認できないということを、ここから読むことができよう。関係性や身体性は、今日頻繁に指摘される所だが、それは現実を掘り下げていこうとする作者が自らとる方法であろう。そしてそれを可能にしているのが、短歌のもっている〈私性〉であり、それを巧妙に利用することで、時代のものとしての〈欠落感〉と対峙し、それを反転しようとしているのである。

3

若い世代の作を、いささか強引に図式的にこじつけて読んできた。勿論、これがそれぞれの作者の特質や本質だというわけではない。しかし、いま仮に抽出してきた〈定型恩寵〉といい、〈私性執着〉といい、今日の現実にむかおうとするとき、短歌がもち得る重要な武器となり得よう。都市化する時代の感性に対しては、抽象的世界を指向する前者の方が、逆にリアリズムたり得る場合も多かろう。そして、今まではこの両者を相対するものとして述べてきたが、両者は決して矛盾するものではない。〈定型〉性と〈私性〉とは短歌が永久に担わされる両刃の剣ともいえよう。この両者が、一首の中で燦然ときらめくことを夢見ながら、両者の因って来たる所とその未来を追究したいと思うのである。

（「音」一九八五年一月号）

定型をどうとらえるか

1

短歌という定型が、どのような過程で生成されてきたかは多くの謎を秘めている。しかし、短歌成立期の諸相を残す万葉集にあっても、短歌は文学以前の「型」としての要素を、個々の創作に先だってその構造にとどめている。

足引きの山川の瀬の鳴るなへに弓月が岳に雲立ちわたる　『万葉集』人麻呂歌集歌
今朝の朝け雁がね寒く聞きしなへ野辺の浅茅そ色付きにける　同　聖武天皇

一首目は、近代になってとくに称揚された歌。斎藤茂吉は二つの現象の時間的な同時性を示す「なへに」という語に注目し、一首に自然と一体になった作者の鼓動や写生をいうが、本来は川の豊かさとそれをもたらす雲を讃美する呪歌の要素を持つ。そしてそこには、山川を対照し、聴覚と視覚を働かせ、近景・遠景を「なへに」で結びつける一つの型が見られる。一方、二首目は、こういった「型」を踏襲しつつ、秋の季節感が、体感を解け込ましながら表出されている。万葉に「なへに」で上下を結ぶ歌は多くあり、この「型」は二つの景物を美的に取り合わせて季節の抒情を展開する様式として定着している。定型が生まれ出た場の性格や、そこでの表現の骨格を背後に揺曳しつつ、その上に時代の観念や言葉の変化を重ねていくところに、定型詩・伝統詩としての短歌の一つの特徴があろう。

しかしまた、万葉集には、俗語も含めた無関係な語を連ねて、全体で意味が通らない「無心所著」という歌がある。

我妹子(わぎもこ)が額(ひたひ)に生ふる双六(すごろく)の牡(ことひ)の牛の鞍の上の

瘡（かさ）　　安倍朝臣子祖父

賞金の懸かった遊びの歌だが、これが歌として作られ、読まれるのは、五七五七七という枠があるからに他ならない。ここでは言葉の意味的な繋がりがぶっちぎられ、笑いが聞こえてくる。そして、言葉のナンセンスな連鎖、ぶつかり合いに、どこかシュールな趣さえも感じられる。五七五七七という枠に引き寄せられた言葉の場に、現実の日常論理とは異なった世界が作られている。型があるからこそ自由な発想や飛躍が可能となったともいえるだろう。

短歌という定型詩は、その内部構造の継承による時間や認識の重層性と、その短さから生じる即興性や瞬間性による今を取り込む力を、二つながらにもっているといえる。

2

近代になって、短歌は度重なる否定論に直面した。『新体詩抄』（明治十五年）の序で外山正一は、三十一文字という短さに盛れる思想は「線香烟花か流星位の思」に過ぎないとし、敗戦後、臼井吉見は、「短歌形式を提げて、現実に立ち向かふことは、つねに自己を短歌的に形成せざるを得ない」といい、小野十三郎は「三十一字音量感の底を流れている濡れた湿っぽいでれでれした詠嘆調」を「奴隷の韻律」として批判した。それにも関わらず、千数百年前の言葉の中から生まれたこの形式が蘇生し、また現代においても共感が寄せられるのはなぜだろう。たぶんそこには、定型という「型」が持っている力が作用しているに違いない。近代という時代は、継承してきた諸々の型や規範が瓦解した時代である。生活様式、行動や精神のありよう、発想等、歌人はさまざまな解体に立ち会ってきた。短歌への共感の深層には、そういった中で、定型がもつ時間的な蓄積、継承に繋がろうという意識が一つあったと思われる。

山もとに時雨の雲は動けども月の光し押し照りにけり　　島木赤彦『太虚集』

例えば、こういった歌は、先の人麻呂歌集歌に「風神霊動の概」を見た赤彦の、始源への回帰指向や二景の相関を構造化する型への指向が濃厚にうかがえる。

そして、型や様式が相対化される現代にあって、短歌に蓄積されてきた型や発想は、感情や精神や物象に一定の骨格をあたえることを可能とする。そこに、定型への希求と、その持ち味を生かそうとする探求や展開がなされる。

手にむすび飲む一杯の水うまし手にむすぶゆゑうまきか水の　　上田三四二『鎮守』

さくら花幾春かけて老いゆかん身に水流の音ひびくなり　　馬場あき子『桜花伝承』

弁当を使ひてをれば幾人も行きてはもどる瀧を見るなる　　片山貞美『魚雨』

一首目、上句と下句は反復、繰り返しのようだが、上句の事がらを、下句ではある問いかけをしながら再認しており、その微妙な調べを通して、生命体と水との原初的な結合とその喜びがうたわれる。二首目、桜花に呼びかけるようにうたい起こし、樹木と人間（身）を重ねながら、生命体に重ねられていく時間が水音によって生き生きととらえられる。両首とも、短歌定型の表現の蓄積を十全に使いこなしながら、ある讃美がなされている。また三首目は、二句、四句に切れをもったきわめて構造の明瞭な歌だ。その突き詰めたまでの単純なうたいぶりが、状況の骨格を無駄なく提示して、景をありありと現前化し、「我」の存在を浮かびあがらせる。定型の構造を核にして、現実に一つの型を与えながら、それを再構築しているかのようだ。

3

こういった継承されてきた定型の生かし方は、一方で、定型への批判や懐疑に発する「型」への挑戦と一体、雁行したものである。定型に依拠しながら、その「型」を壊し、またそこに違和を生じさせることで、逆に定型の力を引き出そうとする試みが、現代の歌を支えて来た。

海底に夜ごとしづかに溶けゐつつあらむ。航空母艦も火夫も　　塚本邦雄『水葬物語』

けれども、と言ひさしてわがいくばくか空閒のごときを得たりき　　森岡貞香「百乳文」

一首目、初二句の五七は伝統的な短歌世界をも思わせるが、以下、五七の枠を壊しながら、戦争の残像がグロテスクなまでにイメージ化されている。それでなお、全体は三十一音にまとめられている。定型を強烈に意識しつつ、それを逆手に取りながら、傷みを湿潤なものとしてでなく展開している。また二首目、「けれども」の四音の後の読点から、五七の枠を壊している。言いさした後の沈黙の時間を「空閒」ととらえ、それを「得たりき」というところに作者の独特な把握があるが、そのぽっかりとした時空を、五七の韻律に流されない一首の破調がぴったり表現している。これらの歌の背後には定型の強い拘束力がある。定型が作者や読者の内部に確としたものとしてあるゆえに、それの異化が、一首に強い存在感をもたせているのである。

そして、幾多の試みを経た塚本は、『黄金律』の跋に、「短歌を含めた韻文定型律詩は、すべて『負』を内在させてゐる」が、韻文に執する志は、「その相乗によつて『正数』に豹変する『負数』である」と記す。否定と異化を繰り返しながら、定型はその型を自由にひろげていく。

スバルしずかに梢をわたりつつありと、はろばろと美し古典力学　　永田和宏『黄金分割』

滝、三日月、吊り橋、女体　うばたまの闇にしづかに身をそらすもの　　高野公彦『天泣』

一首目、初句に七を置く歌謡的な流れをもつ上句と、それと微妙にひびきあいながら展開される下句

ミーティングルームの窓よりゆうだちは馬の
香を曳き分け入ってくる
小守有里『素足のジュピター』

口語文脈を定型に取り入れた俵の歌では、五七に文節の切れ目をもちつつ、意味のまとまりと五七との齟齬によって独特の調子が生まれ、小守の歌では、口語やカタカナ語を短歌の調べの中に過不足なく溶け込ませて、新たな短歌文体を開いている。短歌のもう一つの要素である、瞬間をとどめ、現在性を取り込む性格が、そこには生かされていよう。そこには、「いのちの一秒」の表出をこの小詩型に託そうとした啄木の流れがあるが、詩形への否定や違和は希薄であり、短歌自体の大きな変容が予感される。

「酔ってるの？　あたしが誰かわかってる？」
「ブーフーウーのウーじゃないかな」
穂村弘『シンジケート』

との照応によって、一首はふくらみ、広がっていく。短歌の内部構造と、韻律の効果が計量され、型が発展させられている。二首目、四つの物のイメージが一つづつ脳裡に浮かび、エロティックな世界に引き込まれ、それが下句の五七七に収斂されていく。初二句は短歌の連続的声調を堰き止めるが、それが可能となっているのは、五七という定型の枠があってのことであり、それが枕詞を冠された下句の連続する調べと対照される。定型の表現の力の拡充がそこにある。

4

さて、今日の短歌は、型と密着していた文語への違和感などを背景として、口語をさまざまに生かし、またそれをベースに置くことで、新たな段階をむかえている。

愛人でいいのと歌う歌手がいて言ってくれる
じゃないのと思う　俵万智『サラダ記念日』

会話体によった一首だが、五七五七七の音数律に依拠し、また女と男の掛け合いといった、歌の始源に繋がるような要素をもっている。そして、最初にあげた万葉歌が、「なへに」という語によって一首が統べられ、そこに、ある中心が彷彿とされるのに対して、一首はそういった統合や収斂を求めない。定型の強い桎梏があってそれを跳ね返すのではなく、感性に密着した解体の相と、虚無を帯びた希求の相が見られ、そこに刺激的な新しさが感じられる。

定型をやや観念的に眺めてきたが、今日なぜ短歌なのか、という問いが頭から離れない。現代は、短歌という定型を楽しむ時代なのだろう。それは、現代が過去の文化や「私」の型をなくした時代だからともいえるが、定型を生かしつつ、定型自体を問い続けることも必要だろう。もちろん懐古のためでなく、現在と明日の短歌のためにである。

（「短歌」二〇〇〇年五月号）

「見ゆ」考

1

正岡子規の『竹乃里歌』には、結句を「見ゆ」で収めた歌が四十首ばかりある。

茱萸の実のとををの一枝かざしもち蕈(たけ)狩り人の山下る見ゆ
春風に立ち出でて見れば上野や黒髪山に雪残る見ゆ
冬ごもる病の床のガラス戸の曇りぬぐえば足袋干せる見ゆ
ガラス戸ノ外ハ月アカシ森ノ上ニ白雲長クタナビケル見ユ

空想のものであれ、実景であれ、「見ゆ」は一つの物を提示するとともに、それを「見」ている主体を一首の内部に刻印する。一首目や四首目は、「見ゆ」がなくても、一つの光景が描かれている歌として成立するだろうが、「見ゆ」を添えることによって、読者はそれを見ている作中主体をそこに感じる。また二首目や三首目では、上で主体の行為や状況、その境涯までもが暗示され、それと見る主体が呼応することで、作者と作中主体とが一首の中で重なる。「見ゆ」は、対象と創作主体との出会い、結びつきを一首の中で保証する語であり、そういった語を結句に据えることで、対象を提示しつつ、対象を見ている主体を打ち出していく歌の型が作られているといえよう。三、四首目に見るガラス戸を間においた病床の子規と外部の世界は、「見る」ということによって関係づけられた、主体と客体の併存する場であるといってよい。

子規は、こういった歌の型を、万葉集から学んだに違いない。万葉には、結句に「見ゆ」を置く歌が四十首ほどある。しかし、古今集以下の八代集では、その型はすっかり影を潜めており、すでに形骸化した古めかしいものとしてみられていたらしい。子規は、万葉調の一つの骨格をなすこの型によって、俳句的な自然の景の提示の先に、「見る」者としての近代的主体を短歌の中に参加させることに成功したといえよう。病床の一点を強要され主体の位置は固定的だが、「見ゆ」にはくきやかに対象を提示し、自己の位置と輪郭を確と定める意志がうかがえる。そして、たとえ「見ゆ」はなくとも、子規の景をうたった歌は、この「見ゆ」を内在しているといえるだろう。

2

ところで「見ゆ」は万葉集ではどのような位相をもっているだろうか。

結句に「見ゆ」を置く万葉の叙景歌の深層には、「見れば……見ゆ」によって構築される、記紀歌謡に国見歌として載せられる歌の型がある。

千葉の葛野を見れば百千足る家庭も見ゆ国の
秀も見ゆ　（古事記）

右の一首では、応神天皇の「見る」行為と、その視線の先にある土地からの反応によって、讃美されるべき景が提示される。国見歌は、その淵源に農耕儀礼があるとも、また巡行する始祖の神の神話があるともいわれるが、いずれにしろ高所より見下ろす視線と、それに答えるかのような対象の現出の相互性によって成り立つ。「見る」ということは、対象を認知するとともに、対象と感応し、対象を所有することでもあった。そして「見ゆ」の「ゆ」は、「思ほゆ」「聞こゆ」と同様に、動作の主体を人間の側でなく、対象や自然、神の側にゆだねようとする超越的な働きをなす。「見れば」という主体からの行為に対して、対象が反応し、顕在化されたものとして「見ゆ」の世界があるといってよい。これを一つの骨格に置きつつ、万葉の「見ゆ」の型は展開される。

天離る鄙の長道ゆ恋ひ来れば明石の門より大
和島見ゆ　（二五五）

旅にしてもの恋しきに山下の赤のそほ船沖を
漕ぐ見ゆ　（二七〇）

夜のほどろ我が出でて来れば我妹子が思へり
しくし面影に見ゆ　（七五四）

我妹子がいかに思へかぬばたまの一夜もおち
ず夢にし見ゆる　（三六四七）

一首目、明石海峡の向こうに故郷の山を望んでいる一首だが、上に主体の行為・心情を提示して、下に景色の現われをいい、願望とその成就を一首の中に一体化することで、歓びの表現となっている。また二首目、旅愁のあやうい心的状況と、それに照応するかのような赤い船の現われをいって、郷愁が慰撫されている。また三首目、恋人の家を辞した男の脳裏に女の「面影」が現われ、四首目、夜ごと夢に女の姿が現われる。面影や夢に見える恋人の姿は、思いの相互性の中でまさしくそこに存在している。

その現実の論理を超越した幻視をあらわすものとして「見ゆ」がはたらく。国見歌の「見れば……見ゆ」の相互性を深層に置きつつ、主体と対象、情と景、人間と自然、我と他者、といった対立するものを融合・一体化するものとして、「見ゆ」を生かした様式が成り立っているといえよう。

子規の「見ゆ」の歌は、この型を取り入れるが、万葉の「見ゆ」が内包していた古代的なもの、右に見たような対象の側に存在を委ねる要素や相互性とは、様相を異にしている。「見れば……見ゆ」が共同性を背後に持ち、融合や超越をともなうのに対して、子規の「見ゆ」は主体的であり、合理的である。そこには、漢文脈的なものの影響もあるが、子規が明治という時代の中で獲得しつつあった主体と客体との関係、言葉や芸術への認識が万葉とは異なった「見ゆ」の世界を創造しているといえよう。そして、近代の写生論はここから出発して、人間と自然の問題に関わりながら、さまざまな展開を見せる。

3

では「見ゆ」は、今日の短歌の中でどう使われ、それは現代の歌のどのような位相を示しているだろうか。まず玉城徹の『香貫』を見てみたい。『香貫』では、「思ほゆ」「聞こゆ」「覚ゆ」などとともに「見ゆ」の語がかなり使われている。それは自然を「見」る歌とともに用いられているが、「見」ると「見ゆ」を交え、観察と感情の揺れ動きによって主体と対象との関わりをさまざまに表出し、自然とそれに向き合う主体の感覚を歌の中にあらわしている。たとえば「いろいろの鳥」十首では、二首目以下に次の四首が並んでいる。

ここにして伊豆山なみにはろけくも雪の斜面を見つつわがあり
橋詰めに寒の西日に鳩群れてあそべる見れば眼は倦みにけり
一月の日たくる頃を街川に黒き底淬(そこり)を鷺踏みありく

かがやかぬ水のおもての春を浅み鶫の貌ひとつ進みゆく見ゆ

一首目、「ここにして」という万葉語を用いて自分の位置を定め、遠景の一点に目を凝らして集中させながら自己の存在を歌に刻む。ここには、近代の「見る」による主体の表現に繋がる強い自我が感じられる。また二首目、印象的な自然を描写しつつ、「倦む」眼をいって主体に流れる時間と心的ありようを示す。また三首目、見ている主体自身の叙述は後退し、鷺の動きの観察は「底滓」の語を得て描写に徹した文体をなす。そして四首目、川面の広がりから鶫の「貌」の移動へと焦点が集中しており、そこに自然の動きをとらえる作者の目がある。それは「春を浅み」という主観的把握や「み」から下句への強引な展開とも響き合うが、一方では川面の表情や鶫の動きに、主体が引き込まれていきそうにも感じられ、「見ゆ」は自然の大きな運行の中に主体を溶け込ませていく働きをなしている。いずれの歌も、自然の景を季節の中のものとしてとらえ、その対象と作中主体とのさまざまな関係性を、短歌の文体、構造の中に展開しているといえる。その中の一つとして「見ゆ」があるが、作者と等身大の作中の主体は、時に対象と対峙しつつ、しかしまた自然の大きな動きの中に包まれていくように思われる。

そして十首の最後には、次の歌がある。

そらまめの畝つたひゆく風の筋もの恋ほしきに昼ふけむとす

上句に提示されている自然の景には自然＝神からの暗示のようなものがあり、四句に内なる感情のうねりを挿入しつつ、五句の「むとす」には人間の恣意を越えて進む時間がある。ここには、「見ゆ」に通じる古代的な景と情の融合と、得体の知れない主体が感じられる。一群十首には近代的な主体と、自然と感応・融合するような万葉的な主体とが混交しており、言葉や様式の摂取を通した、歌の可能性への試みがうかがえる。
そしてこのことは、次のような『香貫』の中の「見ゆ」の歌にもいえるだろう。

朝たけて鳥のこゑせぬ時ひさしとかうべ挙ぐれば鳥とべり見ゆ
とほどほに時雨明かりに幾十羽旋回しつつなぐれゆく見ゆ

一首目は鳥の顕現が、主体の行為と重ねてうたわれ、それが期待の成就であるかのような語の按配となっており、二首目は作者の観察が、群鳥の印象的な動きを天象の中に一つの運動として提示する。いずれも「見る」主体の位置は固定された一点であり、確として動かないが、その主体は対象と対象を包む自然の時間と空間の中に包含されていく。自己を自己たらしめようとする近代的な主体と、それを包む大きな自然との連動・連続が、言葉によって構築されているようだ。

4

次に、大辻隆弘の「デプス」から数例を見てみよう。

たけむらの奥にしづかに日はさして落葉をしろく敷く土が見ゆ
陽のひかりあまねき坂は見ゆといへど見ずわがこころ既に腐ちぬ

一首目、視線の奥処にある小景が、発見としてうたわれている。そこに、慰撫されるような、懐かしい景への心の動きが感じられる。「見ゆ」は近代短歌からの継承を思わせるが、ここで「見ゆ」は「が」を受けている。対象を強く提示する「が」の存在は景を特化し、主体の意識や作意を前面に押し出す。古典的様式をもちつつ、ここに感じるのは、主体と対象との物としての分離であり、また主体の不安定さである。その不安定さが「見ゆ」の型を求め、それによって骨格ある主体を構築しようとしているかのようだ。二首目、「は」は過去の何かや引用をおもわせるが、一首はそれを反転させて、「ひかり」に反照されることからの距たりや、「見ゆ」ことの不可能性をいう。そして「わがこころ」の腐朽、解体をいっており、そこには絶対的なものへの断念がある。無関係な二首だが、ここには主体と対象との関係が、憧憬される規範と、解体した現実で示されているように思われる。近代的な主体からも隔たり、また万葉的融合一体にも拒まれている、現在の主体の位相をそこに感じる。

こういった歌の主体は、虚構的な連作において、作者の現実から離れて自由に時空を越境し、変容し、溶解する。

ビニールの幕に巻きたる人体が運びこまれてゆきたるが見ゆ
突つ込んでゆくとき声に神の名を呼びしか呼びて神は見えしか

一首目は「臨界」中の一首。連作の中では臨界事故で被曝した人間がビニールに巻かれて運ばれてゆく光景を思わせる。「が」が先と同じくある作意を思わせ、情景自体は映像などによって得られたものであろうが、この「見ゆ」はその場に主体を立たせるような臨場表現として機能している。この一連の主体は揺れ動いているのでそれを作者ということは出来ないが、一首を独立して理解すると、人間が人間でなくなる何か不気味な光景、現場に、傍観状態で立ち会っている主体を思わせる。また二首目は「紐育空爆之図」の一連の歌であり、「紐育空爆の図の壮快よ、われらかく長くながく待ちゐき」に続く歌である。ここでは神の名をオーラルで呼ぶという人間の行為と、それに応じる神の顕現とが呼応され、その顕現の察知として「見え」がいわれている。「見ゆ」の場は創作主体ではなく仮構された人物、テロリストの目、脳裏ということになろう。そして「見えしか」を創作主体の側からの詠嘆的疑問と解すると、ここにあるのは神への呼びかけとその顕現という超越的関係の不可能性の認識と、それゆえにそれと表裏をなす殉教への驚嘆と傾倒といえるだろう。事柄としての事件を素材とするが、その歌の構造が示しているものは、自然（神）への視線と、自然（神）からの反照の相互一体性への憧憬とそれとの絶望的な距離感であるといえるのではないか。これは先の憧憬される規範と解体した現実との表裏一体と似通う。神・自然・他者などとの一体への指向と絶望・ニヒリズムは、一つことの二つの現われといってよいかもしれない。そのような危うさの中に、現代人は立ちすくんでおり、大辻の「見ゆ」の歌には、そのような現在が、短歌の文体をもって構造化されているように思われる。

5

和歌・短歌に通底するものを取り出すのはむずかしいし、またそれはありもしない伝統や幻想を捏造することにもなりかねない。しかし古今集仮名序が「やまと歌は、人の心を種として万の言の葉とぞ成れりける。世の中にある人、ことわざ繁きものなれば、心に思ふことを見るもの、聞くものにつけて言ひいだせるなり」と心と言葉をいって、物・自然に託しての和歌表現をいい、茂吉が「実相に観入して自然・自己一元の生を写す」というとき、そこには自己と世界、人間と自然を架橋し、自然の大きな動きとの照応の中に人間存在をあらしめるものとしての和歌・短歌、という発想があっただろう。だが一方、近代は自己、人間を肥大化させ、その先では人間も自然もこわれつつあり、そして両者の融合の不可能性が露呈している。短歌においても、自己の突出や、解体の露呈や、内容・事柄の多彩性や意外性にリアルな現実感覚が動く。

こういった中で、短歌が現代になし得る可能性の一つは、内容や主題の背後に、主体と対象、人間と自然といった関係をさまざまに構造化してきた短歌内部の蓄積をとおして、自他の分離と融合、また世界の解体と構築といった相矛盾するものを、矛盾しながら存立しえる場、表現や文体を模索することではないか。それは歌の言葉の力と構造を通して、人間や自然の存在、また自己と世界との関係について の新たな認識を創造していくことでもある。進化論的な発展や止揚ではなく、また秩序や幻想への回帰やアイロニーでもなく、虚無と憧憬が反照しあいながらさらなる豊饒を導くような世界、そういったものを私は夢想する。

（「現代短歌雁」54号、二〇〇三年三月）

壊(つい)えしのちに

1

山中智恵子の第十七歌集『玲瓏之記(もゆら)』は近年の山中の世界を集約したような感がある歌集である。始源と現在、顕界と冥界、夢と現つ、東洋と西洋などを自由に行き来し、自在なものとなっている。

夏王朝(かおうてふ)なつかしきかなこの夜も甲骨に月球儀(げつきゆうぎ)きらめきゐたり

鳥居こそ太陽の門　トーテムを先立てて生死の境入りにけるかも

星のなかに蛇ありといふまかがやくオシリスの道われも踏み入らむ

邯鄲の底にねむりてふかぶかと秋の茜にめざめけるかも

われは夢みるゆゑにわれ在るすぎゆきを月山
　にありて夢に見たりき

古代中国王朝の呪的な世界を幻想し、原始日本の村落に及んで幽明を出入し、またギリシャの乾いた風土に及び、盧生の夢に遊ぶ。「われ思うゆえに」ならぬ「夢見るゆゑ」に実存する「われ」が、霊夢の中に実在の影を見る。性を越えた巫覡から発せられるような言葉が時空を超越し、それにともない身体が自由に異界に出入する。ここには、地上の時間から浮遊したような、理性の統御を排したような主体がある。時代に超然とした山中のウタの世界である。

　しかしまた山中には、時代認識を背後に置いた批評意識や、われや人間を見つめ、人間・われを客体化する強靭な意志がある。

八月は逝くいくたびも逝く　ゆくものをのこ
　してゆきしうつせみも逝く

あな、はかな虚人のわれは流れゆく時代を祓
　ふ形代として

わが心の潮干(しほひ)のなごりあくまでも恋のこころ
　の鎮めがたしも

菫色(すみれいろ)の脳脈(なづき)より生まれたる思考もてわれら人
　間ひた歩みたり

戦争の死者の記憶に、冥界に近づく「うつせみ」がつらなり、また自らのウタウ行為自体を問いかける。そして相聞・挽歌の根底にある「恋のこころ」が見つめられ、その鎮魂に歌を置く。また、物としての脳に向ける眼差しは、自らもその一人たる近代の人間の存在を問う。これらの核には、今を生きる個としての人間がある。

　このように、山中には、古代の言葉や世界への共振を言葉と魂で表出し、それに身体を添わせていく主体と、批評的な自我を基底にもつ近代的な主体の二様があるようだ。そして「わが脳(なづき)翳りそめたり一群は月下を過ぎて墓原(はかはら)に入る」といった幽明の境界を意識する中で、言葉と身体の融通無碍な飛翔が果

たされているといえよう。

2

ところで、『玲瓏之記』には次の一首がある。

ラストエンペラーの葬歌をつくりて幾年か共同幻想もつひに壊えぬ

上句に言われているのは、第十二歌集『夢之記』に所収されている、昭和天皇の葬儀に際して作った一連の作だろう。当時も今も、語り種にされている一連で、しばしば論じられている。例えば、本年（二〇〇四年）「歌壇」6月号、山中智恵子へのインタビューで三枝昂之は

昭和天皇雨師としてはふりひえびえとわがうちの天皇制ほろびたり

の一首を取り上げ、「これは古代からの雨師としての天皇への敬愛と天皇制への否定がないまぜになっている歌ですね。」と述べ、山中は「王はみな、世界的にレインメーカーですね。季節を支配し、雨乞いもします」と答えている。一連には「雨師として祀り棄てなむ葬りの日のすめらみことに氷雨降りたり」「青人草あまた殺してしづまりし天皇制の終を視なむ」といった歌もある。一首は、山中が戦争遂行者、大元帥としてでなく、あえて祭祀王として天皇を葬り去ろうとしたものである。そこで、山中は、「はふられ」（受身）ではなく「はふり」と、能動的意志的に他動詞を用いている（「祀り棄てなむ」の方がより露わ）。自らの内部と向き合いながら、そういうものとして天皇をとらえ、天皇制に決着を付けようとするわけで、その屈折葛藤が「ひえびえ」にあらわれている。

いうまでもなく、王権は季節や時間を采配・支配し、天象・地象を司る力をもつものとされていた。勅撰和歌集の季節の部立ては、そういった王が司る一年の順行を構造化したものである。そして和歌の深

層には呪術的な言葉の層があるだろう。次の『万葉集』歌（人麻呂歌集収集歌）など、広義の雨乞いの歌といえるのではないか。

　痛足河河浪立ちぬ巻向の由規が岳に雲居たてるらし

　あしひきの山河の瀬の響るなへに弓月が岳に雲たちわたる

　斎藤茂吉は前歌について「作者は痛足河のほとりを歩いてゐるやうな趣で、近く痛足河の河浪を見てゐるのだと思つていいだらう」といい、後歌について「写生の極致ともいふべき優れた歌」としている。そして「天然現象を機縁として動いた心の儘を、そのまま言語にあらはしたのがこの歌で、（略）自然・自己一元の生がここに表現された」と、作者の心と景との一体をいう（『柿本人麻呂評釈編』）。伊藤左千夫が発見し、アララギによって称揚された歌だが、本来、この歌のどこにも近代的な作者や主体は存在してはいないだろう。古代の歌として読めば、一首目では川のざわめきから見えない霊を暗示し、二首目では雲の発現と川の水の潤沢をいったものである。二首一組で、願望され予兆された雨雲と、その現出と祝意をあらわすもので、天象への祈願や山川賛美の場を根源にもった呪歌だったろう。そして二つの現象を超越的に結びつける「なへに」（同時に）に、自然の現象を言葉で動かす「レインメーカー」としての和歌の力が凝縮されている。このような歌はカミの意志・霊の発動＝自然の摂理・メカニズムを言葉でとらえたものといえ、カミ（自然）の意志を聞き、それに働きかける巫覡の言葉と通う。和歌の力は、信仰ではなく、こういった構造にあるというべきだろう。

　こういった要素を深層に持つウタは、散文の理論とは自ずから違った構造があり、そのウタイ手は近代的な主体とは異なるだろう。『玲瓏之記』にも「なべに」の語をもつ歌がある。

夢あさく大山蓮華咲くなべに天の渚はたぎちくるかも

夢に大山蓮華が咲くと同時に、天の河が激しく波打つ。霊夢と天上と二つの場を超越的に結びつけ、霊的に感応しあうことを歌うことで、歌の世界は日常の論理や理性を越える。そこに時空を超越する神の観点があるともいえるが、「夢あさく」と一つの主体を提示していくところに、夢を夢として認識している主体があるともいえるだろう。それは、ラストエンペラーの死に際して、「はふる」「祀り棄て」といった主体といってもいい。地上の今に根を据えながら幽明、此彼に出入浮遊する山中という主体がここにある。

3

ところで、先の歌で山中は、昭和天皇の死をもって明確になっていく「共同幻想」の崩壊をいう。その「共同幻想」は、ここでは祭祀王としての天皇を支えるものだろう。三枝の「新しい天皇が即位なさるわけだけど、それは山中さんの中の天皇制とは違うということですか」という質問に答えて山中は、「はい。いまの天皇は一種の外交官みたいなものでね。あれは原始じゃないですよ」と述べている。山中はそういった時代に、敢えて一人の巫女として時間や空間を超越して、主体を羽ばたかせているようにも思われる。

ただ、一首を離れて「共同幻想」を考えるなら、一九八九年の「ラストエンペラー」の死と前後して、短歌をめぐる環境にも大きな変容があったのではないだろうか。昭和天皇は、戦前と戦後を一つの身体として存在しつづけることにより、その存在自体が天皇制と反天皇制を同時に象徴するものであった。「激動の」という枕詞のつく「昭和」という時代を生きたこの列島の人間に共有される何かを、反天皇と一体となって保持してきたように思う。そして近代の国民国家への指向が生み出した一体感や連続性の継承を、古代に遡りつつ多くの日本人が「共同幻想」

として抱いていたのではないか。また、天皇は、否定すべきもののシンボルとなることで、思想・政治・文化的に根元的な問いや葛藤を生み出してきた。「雨師」以上の力を持つ天皇の存在の終焉は、「共同幻想」の解体を象徴するものではなかっただろうか。もちろん、一人の人間の死に過剰な意味を求めるべきでないし、天皇が替わっても天皇制に巣食う構造や心性は変わらないともいえるが、折からの冷戦構造の解体とも相まって、ラストエンペラーの死の前後に日本人の心性や社会構造や文化に大きな切れ目が生じているように見える。

　そしてこのような変化は、短歌を無意識の内に支えたり、否定、変革しようとしてきた、日本人の共有性や言葉の連続性への意識を解体させた。『サラダ記念日』の刊行は八七年だが、その文体や世界が短歌の中に浸透していくのは九〇年代だろう。弁証法的な歴史意識や進歩史観が解体し、価値観が多様・無化し、連続性へのこだわりや自我への執着などが薄れ、中心と周縁も共有も孤独もなく、何でもありの状態が短歌においても一般化していくのである。

　　子供よりシンジケートをつくろうよ「壁にむかって手をあげなさい」

九〇年に刊行された穂村弘の『シンジケート』の一首は、こういった時代をみごとに象徴しているといってよいだろう。

　爾後十余年、口語表現は伝統的な歌人の歌の中にも浸透し、短歌の二部構造的な仕組みなども薄れた。規範や抵抗体の喪失は自由で解放された世界を短歌に与えた。だが現在、短歌や短歌の言葉はある力を失って、失速状態にあるような感をも受ける。共同幻想の壊えたのちを、山中智恵子はさらに自由に幽明に出入しているが、喪失感の中で新しい狂暴な共同幻想が生まれ出ないとも限らない。短歌はどこへゆくか。山中の一首を以て結びとしよう。

　　〈憶ふ〉とは未来を思ふことなれば空に対(むか)ひ

て祈るごとしも

（「音」二〇〇四年一二月号）

解説

多惑の世界・消去願望・無境界へ
——『海界の雲』評

山下雅人

世紀末的中年短歌の世界であり、作者と同年代の私には、とても身につまされる歌集だ。

鳥の声聴きわけてゐるまひるまの脳(なづき)の淵にゆりゆられゆく
猫の舌いく枚(ひら)のびて来たりけり午睡の夢のうたた寝の中

自分と世界との関わりはひたすら危うく、茫洋としていて把みどころがない。三十代後半以降、不惑ならず多惑の世界に男は突き落とされるのだ。

中年とは分別ざかりではない。生と死、社会と個、夢と現実……すべての境界がおぼろとなってゆく世代であり、社会的責任を負わされてゆく〈われ〉と、精神世界に生き続ける〈われ〉とのギャップを、シビアに受けとめざるを得ない世代なのである。「まひるまの脳(なづき)」「猫の舌」……は、そうした寄る辺ない生の感触を如実に伝えている。

ふるさとの言葉もたざるひもじさを子と頒ち持つ食卓の塩
アイロンをかけてゐるらし　ひとすぢの光と妻の溜息洩れ来
桃太郎・鬼のその後を語りゐる二段ベッドの下段に父は

その不確かな生の、おぼろな中心点として家族のなかの〈われ〉が意識されている。一見つつましく歌われており、温順な家族愛の歌のようだが、じっくり読むと作者の視線はかなりアイロニカルであることがわかる。二首目、三首目、作者には妻子の背景がみえているが妻子からは作者の姿はみえていない。つまり家族のなかに隠れることによって、作者はやっと本来の夫であり父である、というアイデンティティを回復することが出来るのだ。

　作者の歌にはどれも独得の体温が感じられるが、単純ではなく、つねに逆説的なアイロニーが仕かけられているのである。

生き物のにほひは嫌悪につながりて怖づ怖づ
と漕ぐわが三輪車
引越しの数多（あまた）の記憶をさかのぼるその源に何
もなけれど
瓢箪のくびれさすりてうつしみはけむりのご
とく吸ひこまれゆく
いぢけたる石と呼びたき石ありぬ日々曲りゆ
く三叉路の角

一、二首目の時間意識、三、四首目の空間意識……いずれも屈折しつつ空無の世界におのずから向きあっているようだ。作者の前歌集『壺中の空』にも〈自らを苛むごとく屈まりて吸ひこまれゆくうつそみの穴〉といった歌があり、「屈折した消去願望」は作者の深層意識のあらわれでもあるだろう。

道の辺に筵（むしろ）一枚敷かれゐて日は畑中に沈まむ
とする
石くれが草生に創る翳あはし冬片（かた）待ちて黙す
石くれ

意味なきものを意味なきままに平明に描いた歌は、思いのほか豊かである。

　境界にたたずむ危うい生、それと裏腹にある消去願望――しかしそれは無境界の抒情を生み出す可能性を有している。

　一首目の一瞬の忘我、二首目の沈黙に至るこころ――あんがい作者は風通しのよい世界に出たのかも知れない。最後に好きな歌を掲げる。

内側を見むとおもふに木ネギも裂け目もあら
ぬこの黒き箱

（「短歌往来」一九九七年一月号）

俗世と仙境の境界

——『海界の雲』評

池田はるみ

〈団塊〉と〈新人類〉に挟まれて傘差さずゆ
く不惑のわれは

五十年の五分の四を継ぎて来し肌へにどつと
吹く蕁麻疹

これらの歌はそれぞれ、歌集の一六二、一八三ページに出てくるのであるが、私はここまでの歌を読みつつ、もっと年配の男性を想像していた。或いは内藤明という歌人の名は知っていたにも拘らず、それをどこか否定しながら読んだと思う。どうしても団塊の私よりいくつも年下とおもえなかったのだ。それ程懐かしく、近代が育てたと思われる、律儀で静かで重い思惟を持つ壮年の男性の姿が立ち上(のぼ)って来た。これは、昨今流行のレトロではなく、作者が今までの生き方の姿を崩さなかった結果のことなのだと了解されてくる。つまり、本物のレトロ人間なのだ。読者の私など今までいろいろあたらしがりやの意地を張っていたけれど何だったんだろうと思われてくる。

新しき畳に伏して思ひをり近代の雨　子規の
ガラス戸

湯船から見上ぐる窓のゆふぐれや八つ手、ひ
ひらぎ、誰が影法師

子規のガラス戸はその頃、新しかったものと思われる。けれど、いまにそれを思いやり、感慨にする歌の心は、古い。古いけれども人肌懐かしい気がする。また、湯船から見える八つ手や柊も古い光景だ。都市近郊ではめったに有り得ない風呂場だ。しかし、それを読者も楽しめる。読者が楽しむ空間が歌の中にあると思われる。

理由(わけ)ありに伝はりてゆく男らの声とならざる
笑ひ見て過ぐ

午後三時　酒場の壁に凭れゐてこころひもじ
く燗を待つなり

男らは声をださない、なんともいえない妙な笑いを浮かべるのみなのだ。こういう場面のこわさや居心地の悪さは、社会に一度出ればいやというほど味わわされるのだろう。噂より確かで、人を認めるものなのだ。また、心ひもじくなるのもこういう場面を毎日のように見てしまうからなのだろう。燗の一本を待つ男の孤独が歌われている。しかし、これは、私の父であっても、祖父であってもかまわない姿なのだ。

家(うち)の花面目ないねとささやいて千裕と万莉が
描く朝顔

月照らす鉢の水底〈ケチャップ〉と〈帽子〉
はまなこ開きて眠る

この歌の千裕と万莉は子供の名前、ケチャップと帽子というのは金魚の名前であるらしい。お嬢さんのすてきな名前だなと思うし、金魚の名前などユーモラスだ。この作者の歌集の命名も以前から気になっていた。第一歌集は『壺中の空』であったし、このたびは『海界の雲』だ。壺中も海界も作者の思いが伝わってくるように思う。その思いとは、俗世と仙境との境界にいたいという願いなのだろう。男たちにフェミニズムのような性の解放に向かう運動はなかった。男たちの苦しさや古さは現代にもやはり美学になるのだろう。

（「短歌」一九九六年五月号）

恩寵と思ふ

――『海界の雲』評

坂井修一

肝のあたりごはごはとして快ならずいかなる虫の蠢（うごめ）きにける

獅子の肝（かん）山羊の胆（たん）などもちたらば楽しかるらむ心（しん）は如何にせむ

人体の穴のいくつを穿たれて美醜を競ふ頭（かしら）の前面

内藤明の身体の歌は、どことなくむずかゆく、どことなく危うい。この「どことなく」がどういう感覚なのか、考えてみるところから始めよう。

「肝のあたり」が「ごはごはとし」た経験は、私にはないが、感触の上で嫌なものであると同時に、精神衛生上もいささかよろしくないのだろう。内藤は結構な酒好きらしいから、もしかすると「快ならず」

ぐらいでは済まないかもしれないのだ。

下句「いかなる虫の蠢きにける」。内臓を這い回る虫とは、気色悪い想像である。グロである。ただし、割合に冷静な、突き放した歌にしている。なぜだろうか。

二首目。「楽しかるらむ」と一線を越えてみて、「心は如何にせむ」と揺り戻す。内藤さん。人間の心なんか、こだわる必要ないじゃないですか。獅子や山羊のように食って眠る以上のことを我々はしていますか？

そんなことを言う私のほうが、実は内藤よりもこだわりが強いようである。あるいは、私のほうが幅が狭い人間かもしれない。「それもいいか」と軽く言えるのは、むしろ内藤のほうなのだ。

三首目は、「顔」を歌ったものだ。顔にある穴の数は七だが、わざとこれを「いくつ」とぼかし、顔の美醜を「競ふ」人間心理を無機的に言っている。老荘を意識した物言いかもしれないが、作者はもっと自然体で、静かな表現としている。


これらの歌には、一種の哲学があるといえるだろうか。むしろそれを、ちょっとわけ知りげに「知恵」と呼んでみたい気が、私にはする。上段に振りかぶらず、卑下せず、自他を突き放しつつ穏やかで、思索的でありつつ尖鋭にならない。必要以上に知性に頼らず、また感情に呑まれない。

実用の学と関りなきことを恩寵と思ふ時も来るべし

雨に濡れ歩道にならぶ自転車が昨夜盗られし

オンボロに似る

内藤は、大学の国文の先生である。文学はいわゆる「実学」ではない。飛行機を飛ばしたり、経済を動かしたりするものではない。内藤の学生の大部分は、ほんの数年先には、文学とはおよそ関係のないことを始めるのだろう。銀行やメーカーや、商社や役所に勤めるのだろう。そのとき、「自分は国文などやったが、今の生活にはなんの役にも立っていない。

無駄な時を過ごしたものだ」などと思わないとも限らない。いや、思うのが自然だろう。

文学は、社会のいわゆる「実」からは遠いものだが、人間の「実」にもっとも直接にかかわるものだ。実社会では文学の徒の思う「実」など微塵の価値もないが、今は気持ちを引きながら、心意気を静かに保っておきたい。そんな物思いがあるのだろうか。

ここで鋭角的な思案に入ってゆくことも、作者には可能であったろう。社会を揶揄したり、時代の風潮を批判するような歌に仕立てることも、選択肢としてあったろう。

だが、内藤はここで「恩寵を思ふ時も来るべし」と言う。かすかな希望として遠い未来のことを思っている。「恩寵」とは凄い言葉であるが、こういう言葉を使って、歌は冬の日溜まりのように暖かく柔らかい。一首には自負もあるのだろうが、それよりも、人間味のあるゆったりとした作者の心の動きが魅力的なのではないか。

自転車の歌もそうである。自転車を盗まれたことは（たぶん家計よりも）神経に触ることだ。内藤はそれを直接言うのではない。今日の歩道に並んで雨に打たれている他人の自転車たちを、自分の自転車に似ている、と歌っている。結果としてこの一首は、読者に、いろいろなことを想像させてくれるのである。

内藤は、自らが孤立してゆくような発想ではなく、ぼんやりと親和する感触をもってこの歌を詠んでいるようだ。古びた自転車はどれも似ている。なんで自分のだけが盗まれるのか、といった思いもないわけではなかろう。だが、歌の上にはそうしたさもしい思いは現れてこない。

自転車が似ていると同時に、乗っている人間も似ているかもしれない。皆、自転車泥棒にあったりラッシュにもまれたりしながら、日々を送っているのだ。そこには、ややくすんだ寂しさやなつかしさの入る余地がある。なにかそんなことを匂わせているような歌である。

生贄のをみなを囲み華やげる東の都　帽子に

風が
われこそは浮世すねたる烏滸そとのホモルーデンス酔ひもせず
恐竜の首があらはれ窓枠に納まりにけり眼を閉づるかな

こういうのは、作者の心理の揺れを見せた歌、あるいはいささかの冒険を含んだ歌であろう。作者は、生贄の女を思い、「浮世すねたる」といい、恐竜の首を窓に描いてみせる。そうして、「帽子に風が」「酔ひもせず」「眼を閉づるかな」と内省的に納める。これは大人の分別というよりは、生来の資質と私は思う。

最初『海界の雲』という歌集タイトルを見たとき、ずいぶん地味な題をつけるものだ、と私は思った。だが、歌集を一読した後では、この題が内藤の精神を語って過不足ないことを改めて思った次第である。『海界の雲』とは、決してシャープなものではない。あるいは、人に対して攻撃的なものでもない。なにか茫とそこにあり、存在感はあって、自由に漂っている。

内藤は「あとがき」の中で、説話を題材としたタイトルである由を言い、「海の彼方や、境界領域に漂うものへの思いをこめて」と述べている。そうした非日常的なものへの愛惜を含む題であると思いつつ、やはり私は内藤明の処世、生き方の選択のようなものをこの題に感じ取ってしまうのである。

作者は賢明な人間なのだろう。教員であることに疲労し、病気に悩み、自転車を盗まれたりしながら、幅をもってゆったりと生きようと試みているのだろう。

短歌がこういうバランスのとれた心理の上で作られてゆくとき、私たちは作者に次に何を期待すればいいのだろうか。この設問は、実は今の内藤への大きな批判を含んでいる。内藤は賢者かもしれないが、賢者であっても危うさはつきまとう。内藤が危うさをいかに受け入れるか、ということより、いかに受け入れ切れないか、ということのほうに文芸はあるのではないだろうか。

（「音」一九九七年二月号）

豊饒な世界
――『斧と勾玉』評

関　泰子

『斧と勾玉』は、読み終えて何ともしれずたっぷりとした思いに満たされる歌集である。鋭く現在を捉える眼差しが、遙かなるものへの眼差しと結びつき、人間の存在の不思議さが豊饒な世界の中に息づいている。

よろこびは地の上のもの少しづつ形くづしてゆく鰯雲
攫はれて一生（ひとよ）を過ぐすこの星にゆつくり遊べ鯉も金魚も

前者は歌集の始めの方に、後者は終わり近くに置かれている。一首目には自然の大きな広がりの中で、地上に生きる人間の敬虔さと祈りとが感じられる。

二首目では、飼われている鯉や金魚への呼びかけが、読む者の心に深く響く。人間の営みも、この星に飼われて生きる鯉や金魚と大差はないのかもしれない。「ゆっくり遊べ」と歌人が詠う時、しょせんこの世を通り過ぎてゆく存在でしかない人間の、この世での営みが、にわかにいとおしく思われるのだ。

『斧と勾玉』には、歌人の肉声を直接聞くような、ユーモア溢れる歌も多い。

脈絡なく夢に出で来て微笑むは迷惑千万明日にしてね

なげやりは槍をもたねば少しづつ侵されていく領域がある

寝ころびてガキンチョと指すヘボ将棋「待つた」はならぬ「参つた」と言へ

これらの歌は歌集中の重要な歌ではないが読むほどに楽しい。何の気負いもなく詠われる歌にも人生の機微が隠されている。歌集の中には家族を詠った歌がさり気なく置かれ、また、はっとするほど魅惑的な歌も配されて、一冊の歌集にふくらみと陰翳とを与えている。

さて、ここで『斧と勾玉』のタイトルに関わる歌を引いてみたい。

鉞(えつ)とは首を斬る青銅の斧にして王が正義を行ふ具とぞ

夕立の過ぎし笹生にひかりこぼれ言葉ははじめ白き勾玉

前者の緊張を強いる荘厳な調べと、後者のやさしく流麗な調べとに、私は息をのみ言葉を失う。そして改めて、言葉が、短歌が力を持って存在することに胸を打たれるのだ。このことは引用歌に限ったことではない。歌集『斧と勾玉』の魅力のひとつは、何ということのない日常の一齣を詠った歌からも、言葉の力によって、人間の存在の不思議さが立ち現れるところにある。

殺したる嚔ひとつが籠りゐる鼻腔の闇にわれは浮遊す

道端の闇がとつぜん犬となり歩き出したり人影連れて

死に顔を見て来し顔を洗ふべく水を溜めゆくてのひらの窪

どの歌も嚔や散歩や洗顔という、ごくありふれた日常の一齣が詠われている。しかし、日常と非日常は表裏一体であるかのように、そこに浮かび上がってくる世界は不思議だ。現実の世界がどこかで得体の知れない世界とつながっている。「相反するさまざまなものが渾沌の中に融合した世界」を希求すると、歌人は「あとがき」に記している。まさしく『斧と勾玉』は、現代に生きる私たちをその豊饒な世界へ誘なう、魅力的な歌集である。

（「音」二〇〇四年三月号）

銀の穂の声

――『斧と勾玉』評

山田富士郎

天の秋地に引き下ろすみづうみの蒼き水面を走るさざなみ

天地に深まりゆく秋色を鮮やかに捕えた秀作だ。景は大きいが、こまやかに神経が通っている。久々にこういう歌を見たようにおもう。

白薔薇のくづれてにほふ食卓の傍ら過ぎて寝に就かむとす

何の日といふにあらざる今日の日の豆腐にはつか柚子の香りす

丘陵の起伏をペダルはとらへゆき水の縁まであとわづかなる

くぬぎ林抜けて宅地に出るところ杭にバケツ

が被されてあり
床下の梅酒の瓶の位置を変ふ誰も居らざる日
　　曜の午後

　これらの歌には静かな充溢感と安息感が感じ取れる。日常というのは不思議なもので、見ようとすると見えなくなり、捕えようとすると指先を逃れて行ってしまう。こういう歌を作りうる内藤には、一日一日を大事にする平常心があるのだろう。筆者などは羨望の念に耐えない。

兇暴とも無知とも違ふ　少年のわれらが殺す
一匹の犬
逃れゆく白き背中のまぼろしを追ひてひねも
すパソコンの中
もう誰も覗くことなし壁に掛かるシルクハッ
トの中なる世界
一瞬に脳の奥まで侵し来るアメリカの切つ先
　　やんはりかはす

　批評の力をひそめた歌である。テクノロジーと資本の論理が隅々まで浸透した社会にわれわれは生きている。「充溢感と安息感が感じ取れる」とした先の歌は、これらの歌と背中合せになっている。そのことを内藤はよく知っている。「シルクハットの中なる世界」の存在に気づき、執着する内藤の立場は、単純ではありえない。

潮騒を連れて夜風の過ぐる宿江口老人を思ひ
　　ゐるなり

「江口老人」というのは、川端康成の『眠れる美女』の主人公だろう。もちろん内藤は江口と違い、「老人」にはまだ遠い。けれども老年をそろそろ思う年齢である。老年の性をふっと空想したりもするのである。
『斧と勾玉』はエロスの匂いのする歌集である。内藤は、タイトルを自解して、「力や王権の象徴」「永遠なるものへの祈りの形」と書いていて、否定する権利は誰にもないが、タイトル自体エロスの匂いをまとっている。おそらく本書の半ば隠された主題はそこにある。

うつせみの言葉を剝ぎて重ねゆくからだのまほら　溢れ出るこゑ

雷(いかづち)の遠く響かふ夜のほどろ鎮まれよわが群胆(むらぎも)の雲

君が目を欲(ほ)ると歎きしいにしへの人ぞ恋しき天空に月

心中(しんぢゅう)に情(こころ)寄りゆく夕暮はネクタイの下のボタンをはづす

こうした歌は集中にかなり拾うことができる。「江口老人」を呼び出したのは伊達や酔狂ではない。次のような自然と見える歌も、どこか凄艶な趣を湛えていると言えよう。

隅つこのジャングルジムの内側に降りてあまねき銀のはなびら

鉄橋の下にそよげる銀の穂の声を聞きゐし遠き日ありぬ

（「短歌往来」二〇〇四年一月号）

葛藤の後に

――『斧と勾玉』評

牛山ゆう子

内藤明さんの第三歌集『斧と勾玉』の現代性、そして未来への通路は、どのようなところにあるのだろう。

作者が短歌に希求するものは、変貌する現実とどのように向き合うかを思考しながら、その変貌の深層にあるものを確かめ、「向こう側にある世界といかに触れていくか。」「その架橋であり、相反するさまざまなものが渾沌の中に融合した世界である。」（あとがき）という。

つまり、変化する時代の表層に参与することを余儀無くされている位置から、歌の伝統を内包しながら現代に生きている短歌によって、変貌を促す深層、普遍性に通う世界に、自らの心と言葉を架橋し、渾沌を抱え込みながら、表層に容易に流されないゆたかな存在としての表現者になろうとしているのではないだろうか。更に言えば、連綿と生き次ぎ、現代に生きている定型によって、作者の生を映し出し、未来へと架橋しようとしているのだろう。

スーパーの裏手に冬の光射し誰も居らねばゆつくり笑ふ

卑怯者と寝言にわれが叫びしと梨剝きながら妻はいひ出づ

わが怒り低き笑ひにかはるまで鏡に立ちて髭を剃りをり

これらの作品には、苦渋を抱えている作者の表情がかなり端的に表れている。

買物客で賑っているスーパーの、その裏手には誰も居ない。冬の白昼、失速角のような空間に立ち、ゆっくりと湧く笑いは、日常の中にいながら日常から抜け出している開放感に因るだろう。また、寝言でしか卑怯者と呼べない鬱屈した感情は、直接には自らの関与していない意識のように、妻によって告げられている。そして、鏡に向き髭を剃りながら、怒りは低い笑いへと宥められてもいる。

現実の重圧を受けながら、しかし作者の内省した心情は、日常に於てはひっそりとしか開放され得ないのだ。

けれども『斧と勾玉』には、そのような現代の生活者の表情を持つ作品と共に、別な回路から詠まれている歌がある。

　みづがみづをうつおと聞こゆひむがしの青かぎりなき空の奥より
　ゆつくりと地軸の回る春の午後水はこぼれて照り翳りする
　月読の光は窓にふるへつつ象(かたち)もたざる言葉はるけし

緩やかに、自然の中から響いて来る音楽のように、心地よく伸びやかな作品だ。

青く広がる東の空から聞こえてくる波の音。春の午後のゆったりとした時間の推移と水の照り翳る風景。古代の遥かな言葉を呼び寄せながら窓を明るませている月読の光。

どの歌も遥かな時間へとつながる空間を湛え、ものの輪郭を鎮めながら、或いは予感させながら、穏やかにしかし内的には激しく、ふわりと定型の韻律に凝縮されている。空洞の中に響く言葉は、ほとんど意味のあるメッセージを発語していないのに、何かゆたかなものを手渡されたような読後感になる。

これらの両者の作品の異質さは何によるのだろうか。そして、その異質なものを渾沌と抱え込み、調和させているのは何なのか。

　夕立の過ぎし笹生にひかりこぼれ言葉ははじめ白き勾玉
　丘陵の起伏をペダルはとらへゆき水の縁まであとわづかなる
　倫敦に漱石が乗りし自転車の黒く重たき近代

の体（たい）

さやうならといふ声聞こゆ里芋の畑のむかうに帽子はゆれて

集の中の「白き勾玉」は、茶畑の広がる丘陵地や、洗剤の泡の浮いている川のほとり、稲の靡いている神社の裏などを、自転車を漕いで近代的な速度を体感しながら、過ぎて行く風景の中で思索している印象的な一連で、作者の、自然への親和性と幾分かのノスタルジアも感じられる。

陶片に男のまなこ二つあり怒れる口を探すごとくに

あかねさす聖母が抱く金太郎世界の終はりは夕飯（めし）ののち

球はあるとき矩形に嵌められその形を主張する球として

また、これらの作品は「マジョリカ名陶展」を観照しての一連に収められているが、歌の題材である陶器の破片や、東方の釉薬を用いて描かれた図柄などの、欠落や齟齬が、変形しながら融合しようとしつつ、なお矛盾を矛盾として主張しているのが興味深い。

「白き勾玉」も「マジョリカ名陶展」も歌集の中の主題に通うモチーフの一つであり、他に、「二〇〇一年九月十一日、アメリカで同時多発テロ。」の詞書のある「戦争とカラザ」、昭和二十年に敵機の機銃掃射を受けて他界された叔父への「弔歌」、日中短歌シンポジウムに出席し中国を旅した時の「千年の渇き」「青銅の斧――中国国宝展」など、一九九六年より二〇〇二年までの作品が収められているこの歌集の、背景にある時代の状況と、作者の個人的な体験や記憶などが、多様に絡み合っている。

移し植ゑ月立ちにける樹の尖に神ぞ付くなるそのわかみどり

樹の間より神のほほゑみ零れたり茸日和（きのこびより）の山

道をゆく
木の葉散つて今朝見る壁のひとところゴッド在らざる明るさに似て
敵味方組み合はされて電脳の神に仕ふる時至るべし

樹木の芽吹きに宿る神や、秋の木洩れ日に拠り来る神は、古代に通う自然神であり、「ゴッド在らざる明るさ」に作者が感じているのは不在のキリストだろう。そして未来に「電脳の神」を予見しているのだが、人間が機械に制御されることへの危機感による強い逆説として抗い、抗いきれずに、内的な葛藤を齎すものを「電脳の神」と呼ぶしかないのだろう。

掌の上にゆつくりまはす瓢箪の広き宇宙に身はゆられゆく
何の日といふにあらざる今日の日の豆腐にはつか柚子の香りす
連れ立ちて帰る夕暮れ　もも、なづな、花はやさしき言葉生れしむ

抗い難く侵入し、人間の内面の柔らかい領域を硬直させる機械の便利さや競争原理などと、幾分あきらめながら、怒りを宥めながら、時には敗北感を抱えながら葛藤しつつ、それでも作者は未来へのビジョンを何度も立て直しているのではないか。それは、短歌が蓄積してきた定型の韻律が、人間の心情の壊れやすく繊細な部分を支え、生きる力へと転換してきた歴史を湛えているからであり、そうあってほしいと願うからでもある。

掌の上に瓢箪をまわしながら体感する宇宙の豊かさ、いつものように過ごした日の豆腐に香る柚子の香、桃や薺が発語をうながす言葉、ささやかだが深い喜びに通う。

（「滄」4号、二〇〇四年一一月）

内藤明歌集　　現代短歌文庫第140回配本

2018年12月7日　初版発行

著　者　内　藤　　明
発行者　田　村　雅　之
発行所　砂　子　屋　書　房
〒101-0047　東京都千代田区内神田3-4-7
電話　03－3256－4708
Fax　03－3256－4707
振替　00130－2－97631
http://www.sunagoya.com

装本・三嶋典東　　落丁本・乱丁本はお取替いたします

現代短歌文庫

（　）は解説文の筆者

①三枝浩樹歌集
『朝の歌』全篇（細井剛）

②佐藤通雅歌集
『薄明の谷』全篇（河野裕子・坂井修一）

③高野公彦歌集
『汽水の光』全篇（山中智恵子・小高賢）

④三枝昂之歌集
『水の覇権』全篇（笠原伸夫・岡井隆）

⑤阿木津英歌集
『紫木蓮まで・風舌』全篇（塚本邦雄・岩田正）

⑥伊藤一彦歌集
『瞑鳥記』全篇（大辻隆弘・川野里子）

⑦小池光歌集
『バルサの翼』『廃駅』全篇（玉城徹・岡井隆他）

⑧石田比呂志歌集
『無用の歌』全篇（高安国世・吉川宏志）

⑨永田和宏歌集
『メビウスの地平』全篇（馬場あき子・坪内稔典他）

⑩河野裕子歌集
『森のやうに獣のやうに』『ひるがほ』全篇（田中佳宏・岡井隆）

⑪大島史洋歌集
『藍を走るべし』全篇

⑫雨宮雅子歌集（春日井建・田村雅之他）
『悲神』全篇

⑬稲葉京子歌集（松永伍一・水原紫苑）
『ガラスの檻』全篇

⑭時田則雄歌集（大金義昭・大塚陽子）
『北方論』全篇

⑮蒔田さくら子歌集（後藤直二・中地俊夫）
『森見ゆる窓』全篇

⑯大塚陽子歌集（伊藤一彦・菱川善夫）
『遠花火』『酔芙蓉』全篇

⑰百々登美子歌集（桶谷秀昭・原田禹雄）
『盲目木馬』全篇

⑱岡井隆歌集（加藤治郎・山田富士郎他）
『鵞卵亭』『人生の視える場所』全篇

⑲玉井清弘歌集（小高賢）
『久露』全篇

⑳小高賢歌集（馬場あき子・日高堯子他）
『耳の伝説』『家長』全篇

㉑佐竹彌生歌集（安永蕗子・馬場あき子他）
『天の螢』全篇

㉒太田一郎歌集（いいだもも・佐伯裕子他）
『墳』『蝕』『獵』全篇

現代短歌文庫

（　）は解説文の筆者

㉓春日真木子歌集（北沢郁子・田井安曇他）
『野菜涅槃図』全篇

㉔道浦母都子歌集（大原富枝・岡井隆）
『無援の抒情』『水憂』『ゆうすげ』全篇

㉕山中智恵子歌集（吉本隆明・塚本邦雄他）
『夢之記』全篇

㉖久々湊盈子歌集（小島ゆかり・樋口覚他）
『黒鍵』全篇

㉗藤原龍一郎歌集（小池光・三枝昂之他）
『夢みる頃を過ぎても』『東京哀傷歌』全篇

㉘花山多佳子歌集（永田和宏・小池光他）
『樹の下の椅子』『楕円の実』全篇

㉙佐伯裕子歌集（阿木津英・三枝昂之他）
『未完の手紙』全篇

㉚島田修三歌集（筒井康隆・塚本邦雄他）
『晴朗悲歌集』全篇

㉛河野愛子歌集（近藤芳美・中川佐和子他）
『黒羅』『夜は流れる』『光ある中に』（抄）他

㉜松坂弘歌集（塚本邦雄・由良琢郎他）
『春の雷鳴』全篇

㉝日高堯子歌集（佐伯裕子・玉井清弘他）
『野の扉』全篇

㉞沖ななも歌集（山下雅人・玉城徹他）
『衣裳哲学』『機知の足首』全篇

㉟続・小池光歌集（河野美砂子・小澤正邦）
『日々の思い出』『草の庭』全篇

㊱続・伊藤一彦歌集（築地正子・渡辺松男）
『青の風土記』『海号の歌』全篇

㊲北沢郁子歌集（森山晴美・富小路禎子）
『その人を知らず』を含む十五歌集抄

㊳栗木京子歌集（馬場あき子・永田和宏他）
『水惑星』『中庭』全篇

㊴外塚喬歌集（吉野昌夫・今井恵子他）
『喬木』全篇

㊵今野寿美歌集（藤井貞和・久々湊盈子他）
『世紀末の桃』全篇

㊶来嶋靖生歌集（篠弘・志垣澄幸他）
『笛』『雷』全篇

㊷三井修歌集（池田はるみ・沢口芙美他）
『砂の詩学』全篇

㊸田井安曇歌集（清水房雄・村永大和他）
『木や旗や魚らの夜に歌った歌』全篇

㊹森山晴美歌集（島田修二・水野昌雄他）
『グレコの唄』全篇

現代短歌文庫

（　）は解説文の筆者

㊺上野久雄歌集（吉川宏志・山田富士郎他）
『夕鮎』抄、『バラ園と鼻』抄他

㊻山本かね子歌集（蒔田さくら子・久々湊盈子他）
『ものどらま』を含む九歌集抄

㊼松平盟子歌集（米川千嘉子・坪内稔典他）
『青夜』『シュガー』全篇

㊽大辻隆弘歌集（小林久美子・中山明他）
『水廊』『抱擁韻』全篇

㊾秋山佐和子歌集（外塚喬・一ノ関忠人他）
『羊皮紙の花』全篇

㊿西勝洋一歌集（藤原龍一郎・大塚陽子他）
『コクトーの声』全篇

(51)青井史歌集（小高賢・玉井清弘他）
『月の食卓』全篇

(52)加藤治郎歌集（永田和宏・米川千嘉子他）
『昏睡のパラダイス』『ハレアカラ』全篇

(53)秋葉四郎歌集（今西幹一・香川哲三）
『極光―オーロラ』全篇

(54)奥村晃作歌集（穂村弘・小池光他）
『鴇色の足』全篇

(55)春日井建歌集（佐佐木幸綱・浅井愼平他）
『友の書』全篇

(56)小中英之歌集（岡井隆・山中智恵子他）
『わがからんどりえ』『翼鏡』全篇

(57)山田富士郎歌集（島田幸典・小池光他）
『アビー・ロードを夢みて』『羚羊譚』全篇

(58)続・永田和宏歌集（岡井隆・河野裕子他）
『華氏』『饗庭』全篇

(59)坂井修一歌集（伊藤一彦・谷岡亜紀他）
『群青層』『スピリチュアル』全篇

(60)尾崎左永子歌集（伊藤一彦・栗木京子他）
『彩紅帖』全篇『さるびあ街』（抄）他

(61)続・尾崎左永子歌集（篠弘・大辻隆弘他）
『春雪ふたたび』『星座空間』全篇

(62)続・花山多佳子歌集（なみの亜子）
『草舟』『空合』全篇

(63)山埜井喜美枝歌集（菱川善夫・花山多佳子他）
『はらりさん』全篇

(64)久我田鶴子歌集（高野公彦・小守有里他）
『転生前夜』全篇

(65)続々・小池光歌集
『時のめぐりに』『滴滴集』全篇

(66)田谷鋭歌集（安立スハル・宮英子他）
『水晶の座』全篇

現代短歌文庫

（　）は解説文の筆者

⑥⑦今井恵子歌集（佐伯裕子・内藤明他）
『分散和音』全篇

⑥⑧続・時田則雄歌集（栗木京子・大金義昭）
『夢のつづき』『ペルシュロン』全篇

⑥⑨辺見じゅん歌集（馬場あき子・飯田龍太他）
『水祭りの桟橋』『闇の祝祭』全篇

⑦⓪続・河野裕子歌集
『家』全篇、『体力』『歩く』抄

⑦①続・石田比呂志歌集
『孑孑』『忘八』『涙壺』『老猿』『春灯』抄

⑦②志垣澄幸歌集（佐藤通雅・佐佐木幸綱）
『空壜のある風景』全篇

⑦③古谷智子歌集（来嶋靖生・小高賢他）
『神の痛みの神学のオブリガード』全篇

⑦④大河原惇行歌集（田井安曇・玉城徹他）
未刊歌集『昼の花火』全篇

⑦⑤前川緑歌集（保田與重郎）
『みどり抄』全篇、『麥穂』抄

⑦⑥小柳素子歌集（来嶋靖生・小高賢他）
『獅子の眼』全篇

⑦⑦浜名理香歌集（小池光・河野裕子）
『月兎』全篇

⑦⑧五所美子歌集（北尾勲・島田幸典他）
『天姥』全篇

⑦⑨沢口芙美歌集（武川忠一・鈴木竹志他）
『フェベ』全篇

⑧⓪中川佐和子歌集（内藤明・藤原龍一郎他）
『海に向く椅子』全篇

⑧①斎藤すみ子歌集（菱川善夫・今野寿美他）
『遊楽』全篇

⑧②長澤ちづ歌集（大島史洋・須藤若江他）
『海の角笛』全篇

⑧③池本一郎歌集（森山晴美・花山多佳子）
『未明の翼』全篇

⑧④小林幸子歌集（小中英之・小池光他）
『枇杷のひかり』全篇

⑧⑤佐波洋子歌集（馬場あき子・小池光他）
『光をわけて』全篇

⑧⑥続・三枝浩樹歌集（雨宮雅子・里見佳保他）
『みどりの揺籃』『歩行者』全篇

⑧⑦続・久々湊盈子歌集（小林幸子・吉川宏志他）
『あらばしり』『鬼龍子』全篇

⑧⑧千々和久幸歌集（山本哲也・後藤直二他）
『火時計』全篇

現代短歌文庫

（　）は解説文の筆者

⑧⑨田村広志歌集（渡辺幸一・前登志夫他）
『島山』全篇

⑨⓪入野早代子歌集（春日井建・栗木京子他）
『花凪』全篇

⑨①米川千嘉子歌集（日高堯子・川野里子他）
『夏空の櫂』『一夏』全篇

⑨②続・米川千嘉子歌集（栗木京子・馬場あき子他）
『たましひに着る服なくて』『一葉の井戸』全篇

⑨③桑原正紀歌集（吉川宏志・木畑紀子他）
『妻へ。千年待たむ』全篇

⑨④稲葉峯子歌集（岡井隆・美濃和哥他）
『杉並まで』全篇

⑨⑤松平修文歌集（小池光・加藤英彦他）
『水村』全篇

⑨⑥米口實歌集（大辻隆弘・中津昌子他）
『ソシュールの春』全篇

⑨⑦落合けい子歌集（栗木京子・香川ヒサ他）
『じゃがいもの歌』全篇

⑨⑧上村典子歌集（武川忠一・小池光他）
『草上のカヌー』全篇

⑨⑨三井ゆき歌集（山田富士郎・遠山景一他）
『能登往還』全篇

⑩⓪佐佐木幸綱歌集（伊藤一彦・谷岡亜紀他）
『アニマ』全篇

⑩①西村美佐子歌集（坂野信彦・黒瀬珂瀾他）
『猫の舌』全篇

⑩②綾部光芳歌集（小池光・大西民子他）
『水晶の馬』『希望園』全篇

⑩③金子貞雄歌集（津川洋三・大河原惇行他）
『邑城の歌が聞こえる』全篇

⑩④続・藤原龍一郎歌集（栗木京子・香川ヒサ他）
『嘆きの花園』『19××』全篇

⑩⑤遠役らく子歌集（中野菊夫・水野昌雄他）
『白馬』全篇

⑩⑥小黒世茂歌集（山中智恵子・古橋信孝他）
『猿女』全篇

⑩⑦光本恵子歌集（疋田和男・水野昌雄）
『薄氷』全篇

⑩⑧雁部貞夫歌集（堺桜子・本多稜）
『崑崙行』抄

⑩⑨中根誠歌集（来嶋靖生・大島史洋雄他）
『境界』全篇

⑪⓪小島ゆかり歌集（山下雅人・坂井修一他）
『希望』全篇

現代短歌文庫

（　）は解説文の筆者

111 木村雅子歌集（来嶋靖生・小島ゆかり他）
『星のかけら』全篇

112 藤井常世歌集（菱川善夫・森山晴美他）
『氷の貌』全篇

113 続々・河野裕子歌集
『季の栞』『庭』全篇

114 大野道夫歌集（佐佐木幸綱・田中綾他）
『春吾秋蟬』全篇

115 池田はるみ歌集（岡井隆・林和清他）
『妣が国大阪』全篇

116 続・三井修歌集（中津昌子・柳宣宏他）
『風紋の島』全篇

117 王紅花歌集（福島泰樹・加藤英彦他）
『夏暦』全篇

118 春日いづみ歌集（三枝昂之・栗木京子他）
『アダムの肌色』全篇

119 桜井登世子歌集（小高賢・小池光他）
『夏の落葉』全篇

120 小見山輝歌集（山田富士郎・渡辺護他）
『春傷歌』全篇

121 源陽子歌集（小池光・黒木三千代他）
『透過光線』全篇

122 中野昭子歌集（花山多佳子・香川ヒサ他）
『草の海』全篇

123 有沢螢歌集（小池光・斉藤斎藤他）
『ありすの杜へ』全篇

124 森岡貞香歌集
『白蛾』『珊瑚數珠』『百乳文』全篇

125 桜川冴子歌集（小島ゆかり・栗木京子他）
『月人壮子』全篇

126 柴田典昭歌集（小笠原和幸・井野佐登他）
『樹下逍遙』全篇

127 続・森岡貞香歌集
『黛樹』『夏至』『敷妙』全篇

128 角倉羊子歌集（小池光・小島ゆかり）
『テレマンの笛』全篇

129 前川佐重郎歌集（喜多弘樹・松平修文他）
『彗星紀』全篇

130 続・坂井修一歌集（栗木京子・内藤明他）
『ラビュリントスの日々』『ジャックの種子』全篇

131 新選・小池光歌集
『静物』『山鳩集』全篇

132 尾崎まゆみ歌集（馬場あき子・岡井隆他）
『微熱海域』『真珠鎖骨』全篇

現代短歌文庫

（　）は解説文の筆者

(133)続々・花山多佳子歌集（小池光・澤村斉美）
『春疾風』『木香薔薇』全篇

(134)続・春日真木子歌集（渡辺松男・三枝昂之他）
『水の夢』全篇

(135)吉川宏志歌集（小池光・永田和宏他）
『夜光』『海雨』全篇

(136)岩田記未子歌集（安田章生・長沢美津他）
『日月の譜』を含む七歌集抄

(137)糸川雅子歌集（武川忠一・内藤明他）
『水螢』全篇

(138)梶原さい子歌集（清水哲男・花山多佳子他）
『リアス／椿』全篇

(139)前田康子歌集（河野裕子・松村由利子他）
『色水』全篇

（以下続刊）

水原紫苑歌集　　篠弘歌集
馬場あき子歌集　　黒木三千代歌集
石井辰彦歌集